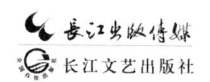

宿鸟

冯新伟四十年诗选

冯新伟 著

阿九 张杰 冯蝶 编选

长江出版传媒
长江文艺出版社

冯新伟，摄于2000年前后

序：冯新伟诗歌"非美化""去圣化"的平民化诗歌倾向

张 杰

我和冯新伟兄大概认识于 1999 年，距今已 20 多年了，这 20 多年来，我常去鲁山县城下洼村看望他，和他沟通比较多。冯新伟诗歌很优秀，他从 1980 年春开始写作，曾获得过《诗歌报》的诗歌奖，但冯新伟这么多年还是被埋没了。冯新伟从 1983 年开始发表新诗，他后来创作的诗歌、评论、剧本、日记、散文、小说等体裁，文字量很大，汇总起来估计几千页不止。近期我又看了 U 盘里冯蝶这几年辛苦整理、逐字逐句录入的冯新伟诗歌，他的诗歌大都是短诗，创作水准高，作品大多在高位起伏稳定，因有内容，故耐品。

冯新伟在 40 年里，创作了 834 首诗（不包含早期已发表的，有些早期诗作冯蝶没有手稿）；散文及随笔也很多，有些只有一百来字，不好确认是散文还是日记或随笔；剧本有两部，一部是《天堂的留言》，一部是改编自郁达夫的《迟桂花》；另有舞台剧一部；冯新伟还勤奋写日记，在 2016 年病发前，写满日记的本子共有 39 本，这些日记排起来是长长的一列。

这次我和诗人阿九兄从 834 首诗作里遴选出近 500 首诗。统观这些诗作，冯新伟在 2000 年后的写作，更加成熟了，而在 20 世纪 80 年代到 90 年代初明显有写作摸索期的痕迹。写此文时，我又重新读了冯新伟 1992 年的诗作，原来初选时，觉得他 1992 年的诗作有奇怪的调子，另外有些诗也比较袒露其个人隐私，比如《最后的话》等,阿九兄对冯新伟1992年诗作的选择,并没有选《最后的话》,这也符合我的考虑。

冯新伟病情从2016年开始一直在逐渐加重,2021年4月由西药转为中药治疗,病情在2021年下半年才稍稍有所好转,我也希望冯新伟在有生之年能圆诗集付梓愿望。若第一本诗集只收400首,过些年,再出版《冯新伟诗全集》,时间过程较为漫长,恐冯新伟兄难以看到。2021年4月2日,在河南汝州风穴寺"罗曼司重演诗社"第一次诗会上,诗人海因看到冯新伟当时黑黄的脸色,曾说估计冯新伟活不过5年。我和冯蝶当时听到此言,也甚是忧心。冯新伟患病以来,因病情严重,已经停笔,且每周治病买药钱就需要400多元,就目前来看,各方面情况依然丝毫不乐观。

阿九兄在读完冯新伟诗作后曾感慨地说:"冯新伟说他多想做一个乡村诗人,其实他已经是了,且是'乡村诗人'最好的意义。冯新伟诗集里到处弥漫的乡土气息,那么具体的山川、地标、人物、器具、乡音、记忆,在中国诗坛大量的'书斋梦虎'类的作品外,提供了一种独特的气质。如果冯新伟的诗集公开之后,能让很多人感受到一种纯朴和大爱(我本人就被触动、震撼了),那真是最好的结果。"

冯新伟1963年冬生于河南平顶山市下辖的鲁山县,20世纪80年代初开始写作,他大半生游走、盘桓在鲁山小县城里。冯新伟的诗作更多来自阅读西方经典所带来的自我现代启蒙和现代觉悟,他主动切近自己和普通人的心声,形成很多层次,直击内心,从各种人性层面寻求朴素反思,用真挚动人的诗句和灵活的意象,天才地大胆描摹出他身处小县城的苦辣酸甜生活,触及了县城的方方面面,恰如其分展示了他身处县城的孤寂与哀鸣。冯新伟诗歌与他的县城处境紧扣,他生活条件艰苦,精神苦闷,只能通过阅读、写作和饮酒游荡,来平衡内心的痛苦、无助与某种终生羁绊于县城的宿命感。对写作的极致追求,也使得他的内心充满对身心自由、精神至上生活的向往,这也使得他在县城生活里卓尔不群,睥睨世俗:蓄着长发,我行我素,在常人眼里成为举止怪诞的异类和怪物。

冯新伟有些诗歌看似诙谐,实则外谐内庄,那时他的长发永远披着,床头柜和几个书柜里摆满艾米莉·狄金森、索德格朗、伊丽莎白·毕肖普、里尔克、莎士比亚、卢梭、伏尔泰、曼德尔施塔姆、圣琼·佩斯、聂鲁达、让·热内、艾伦·金斯伯格、阿什贝利、哈罗德·布鲁姆、艾略特、菲茨杰拉德、普鲁斯特、巴塞尔姆、伍尔芙、福柯、德勒兹、海德格尔……这些他开书店倒闭后所留下的书,成为他的精神灯塔,也形成了他的精神气质。他成为自我的英雄,在疼痛中四处散步漫游,在困窘面前超然物外。冯新伟也一直认为爱情值得他用诗歌去凭吊和热爱,他执拗而沸腾的血,倾注进他诗行里的蓝色忧郁,建设着一种无法挽回的永远的遗憾和神秘。即使他曾离开鲁山,在洛阳等地打工,有时处于失业状态,在衣食无着、房租无着的惨烈情况下,他依然凭吊着逝去的爱与回忆。信马由缰地生活,在生活的动荡漂泊里,升腾结出了凄美悱恻的诗歌之果,这的确是一个奇迹。冯新伟没有被打倒,他在困苦里写下的诗歌,依然鲜活。诗把冯新伟从中原县城的空间和时间里解脱出来,他以此整理自己,让更旷阔的天地自然,让更真实的生活和更真实的思索注入身心。

冯新伟的写作经历了关键的90年代叙事写作阶段,这在他90年代的诗歌中,非常明显。同时他也对80年代的青春写作进行了有效的调整和整合,使得他后来的写作更加成熟。持续深入当代外省边缘生活，冯新伟对自身存在的探寻充满生命意识、生命感和纯正的朋克风，这和冯新伟精神层面上具有的叛逆精神和摇滚精神相合，他与他的作品形成互审与互渗，同时也呈现诸多反思和反观，包括对自身所处的社会最底层的反思和反观。把一种苦难和孤愤生成为一种不屈的县城朋克精神，能坚持自己喜欢的，不顾别人眼光，就是真的朋克。真朋克不是穿得朋克，也不是在身上刺字，真朋克某种意义是一种自我毁灭，活不过三十岁而立之年那种。冯新伟却历尽劫波，现在在接近花甲之年和耳顺之年，依然以一种病躯顽强站立在鲁山县城边缘的最深处，似乎仍在等待同道和某种发现，所以冯新伟诗歌由此派生出一种新的"非美化""去圣化"的平民化诗歌倾向。

冯新伟的诗有时重视偶然和片断，有时也会回归传统和较完整的叙事，比如1996年写的长诗《民间艺人》，1997年写的组诗《混凝土或雪》；而另一些作品里冯新伟背离了传统表现方式，采用大量非逻辑表达插入，让读者体会难以捉摸的各种意识流色块相互折叠，形成思维方式奇特、观点独到的现代先锋一面。冯新伟这种探寻式反思和意识流充满了悖论和自嘲，对社会万象也现出达观、幽默与谐谑的调子与姿态，这些都成为他处理当代诗的一种风度、智慧和见识，识透而通透，颇有百花丛中过片叶不沾身的识见与况味。在齐格蒙特·鲍曼所说的"道德消失点"，在重重秩序之中，在对秩序的绝对服从之中，诗人冯新伟从重重壁垒中游离出来，试图走近真实的个体，走近真实的自我内心世界以及外在世界，他期望受到最大程度的尊重，以达到个人自由、个人自治和精神自治，以完成他所期盼的自由人生。但面对现实，有时却是穷困潦倒和漂泊困苦，激发出现实与理想的冲突，并形成某种高峰体验和高峰碰撞，从而促使诗歌完成某种内在纯粹，这在冯新伟诗歌里也体现得尤为突出。个人自治的自我实现，是个人对于个人自由的享有，个人化导向，是寻求自我意义，也是寻求自我幸福。冯新伟通过对个人自治的自我实现，用非凡的才华和创造力，建立了一个当代诗人所必须认真勘验对待的平民立场。冯新伟的成功不仅基于其作为一个诗人、作家和评论家的文学技巧和文学素养，更基于其富有创造的诗思和卓越的社会洞察力。

冯新伟诗歌无疑是极其优秀的中国当代诗，也是极其出色的中原风物诗，他诗里的现实语境和时代语境结合中原现实，他用活泼、生动的生活化书面口语直陈中原的巨大时代变迁与个人坎坷遭际，在语言使用和题材上很大胆，勇于坦承自己的内心世界，不空洞，不做作，不矫饰，同时他用心打磨、锤炼自己的诗歌语言和诗歌意象，用细节刻画，用自嘲、反讽、黑色幽默、调侃、悖论、悬置、裂变，甚至是碎片化等现代创作手法来进行他认为的个人化完整性诗歌叙事写作，积极介入巨变时代的各种角落，有效反映了个人的思想维度，同时竖立起文学豫军在汉语诗歌写作领域的一座诗歌高峰，将当代汉语诗歌写作推向先锋前沿的高远境地。

2003年，冯新伟所在的鲁山化肥厂倒闭，冯新伟失业至今，其间他也曾四处打工，试图扭转自己的命运，但都告失败，他曾在自传诗《洛阳豆腐汤馆》里写到他在异乡的打工生涯，底层的困苦和打工的艰辛已经沉重刻进冯新伟的诗行，冯新伟的人生遭际，已成为一个底层知识分子的典型缩影。

因为在社会上四处碰壁，因为生活的困顿，尽管冯新伟不停和命运搏斗，但最终还是被击败了，2016年，他患上了脑梗和脑萎缩，因为生活窘迫和疾病的双重围剿，冯新伟彻底跌落泥尘。

2019年12月1日从鲁山回来后,我用一天时间,辑录了冯新伟40首诗歌,大部分是2008年后他未刊发的诗歌,并附上冯新伟的创作谈,以及2015年9月26日我去鲁山给冯新伟做的访谈。以上内容交给史大观的微信公号"徐玉诺档案馆"发布出来后,获得国内外众多著名诗人、学者、评论家的称赞,诗人、翻译家西思翎、田海燕首先把冯新伟三首诗歌《补白的诗》《宿鸟》《夜》翻译成了英文,诗人宋琳、中央民族大学教授冷霜、南京大学文学院教授傅元峰、四川外国语大学教授朱周斌、南京诗人吴晨骏、湖南诗人草树等发来了高度褒奖的评论。大家的一致好评,都非常令人感动,冯新伟40年执着的诗歌写作,终于有了巨大的回声和光芒闪现。黑龙江诗人孟凡果读了冯新伟诗歌后,觉其诗歌优异,愿意无偿资助冯新伟出版诗集。如诗人李建春所言:"为汉语熬干心血的人很多,大家性格、作风各异,但总有揭开盅的那一天。"

2016年11月初,我去鲁山下洼村看望冯新伟,并于8日写了《给诗人冯新伟》一诗:

> 在黑色的大地上,夜又降临了鲁山,
> 你像一盏跌跌撞撞的孤灯,
> 化肥厂早已破产,你也早已下岗,
> 这是一个命运的三件套:黑暗,孤灯和失业。
>
> 尘土飞扬的人民路,混乱的人群,
> 你像变卦的野天鹅,喉头化为笔,
> 在你的卧室白墙上,写上"趁天黑前,

完成一首新作,有的是时间供你消磨"①。

你埋头走在一个幽深的镜框里,
这个世界辜负了你,一个诗人的美意。
你所经历的是你无法替换的苦难。
你像海神波塞冬,承受住了重载的海浪。

你已住在酒屋,桌下满是酒瓶,
屋中满是酒香,你说"来,老弟,
我给你整理出两套诗",就在
你床头的孤灯下,黑暗又潮湿——

蛛网在天花板扭曲成小小的天网,
而我们就活在这无可奈何的网下。
你说"大不了把余生全赔进去"②,
你在孤灯里为我读诗,因为激动

喘着气,犹如一头猛虎或浮出深海的鲸。
发黄的扇叶像个飞碟,望着这颗魔鬼星球上
孤寂的诗人。我似乎感到了宇宙分裂的
震撼,那一定是你感召到了飞过的诗神。

我们又走上屋顶,这是县城城中村的
瞭望台,北面的羊圈,在夜晚膻味弥漫,

---

① 引句摘自冯新伟《一个诗人在黄金周》一诗。
② 引句摘自冯新伟《裸体之歌》一诗。

你戴上眼镜,辨认着模糊的星群,
大片的星团,早已把你凝望,又忘却。

月亮低得,似乎沉入人间的睡房。
院中的雪松,像喝醉的醉汉,举着
刺绣的细手,指着星空。那山楂树
在歇息的羊群上沉默,焦枝线上

火车牛群一样低鸣,远处,塔吊
像一把巨大的手枪,指着疯长的楼群。
我们像夜行列车驶过繁星下的十一月夜。
下洼的水,带着混浊的甜味。

你的屋顶,寒夜笼罩的贫民窟,
蛛网,掉皮的天花板,破烂的墙,
油污的电线,粗糙,沙楞楞的水泥地面,
丢了镜子的衣柜,没有垫子的床。

灰尘落满的桌子,像积尘的时代,
一个幽灵时常在那里伏案写作,转圈,
而昏暗屋子的主人,时常呆坐在椅中,
如同昏暗洞穴里,在静水里走神的黑鱼。

屋中堆满洮儿河酒的酒箱,你大声
喊出"洮儿河",像呼喊长白山的山神,
但山神也无法救赎什么——那些书,

堆垒上你的床头,像闹了一场疾病。

今晚我们就要睡在这疾病的漩涡中,
漩涡是无益的,我们永远是漩涡的牺牲品。
后夜的窗外,是倒塌的天空,夜杨哗哗
似飞船,黑夜的帝王,雄鸡,呼叫着黎明。

早九点,下洼街中横着大铁螳螂,
巨臂吊着钢筋,我们从铁臂下走过,
天空的洞穴变白,像LED灯,无数火把,
浮标流过我们,探测器一般飘散着出发。

2002年6月21日,冯新伟租住在平顶山日报社旁边的城中村大李庄,我曾去那里给冯新伟做过一个4万字的访谈,最后发在了2002年《爆炸》第2期纸刊上。时隔13年后,2015年9月25日在鲁山县下洼冯新伟家,我、北渡、欧阳关雪给冯新伟又做了一个2.6万字的长篇访谈。这两次长谈,至今都没有公开发表过。

从长谈可知,冯新伟对写作有着清醒的认知和个人思考,在2002年长谈开始没多久,他就提出:"我们的写作并不建筑在写作本身之上,我们建筑在整个'人性'上。许多烦琐的事情与人性是挂不上钩的,但偏偏就是这些东西,才能体现出人性来。……凡是一个有良知的写作者,人性都纳入了他写作的范畴……一个写作者人性的不泯与同情,才是最主要的。"

我和冯新伟也谈到了90年代新诗的非诗化倾向,冯新伟更强调写作的一种综合性。他说:"实际上非诗化的倾向在90年代的初期就开始了,尽管我有这方面的倾向,有这方面的想法,但我发现我摆脱不了一种东西，那就是个人气质方面的东西。就是说，我再非抒情化或非诗化，里面连我自己都能感受到某种诗性的存在。打个比方说，我的写作实际上一直都处于书面语和口语之间，直到现在，也是这样，所以说关于知识分子写作和民间写作，对口语化的写作和非口语化的写作，我是有所保留的，我认为这种争论是站在两极上的，是站在那种最明显的写作立场上和写作意向上，就开始了某种争论，而我倒不是不以为然，我觉得我偏偏不在他们争论的焦点上。我感到比较自足的，可能正是这一点，并且我认为，写作从来不存在某种所谓的相向对立。我认为我从来不排斥任何一种写作，我很清楚，我还不至于软弱到、虚弱到谁或哪方面的诗学观点对我造成多么巨大的影响，毕竟我写东西有一段时间了，在写作上，我认为我不会很幼稚，我不会人云亦云。我有我自己的想法，包括我的生活、生存状态，它都体现到我具体的作品当中。所以说诗之外的东西，不是不好说，而是我刚才说过了，人们并不关心一个诗人说什么，而是关注诗人之所以成为诗人的作品。"

冯新伟谈到哈代，我当时插话说徐志摩对哈代很钟爱。冯新伟说："我不喜欢徐志摩的诗主要是因为他那种写作没有建设性，更多的是一种流行性。而与徐志摩同时期的郁达夫是不一样的。中国现代的作家，我最喜欢郁达夫，他对我的影响很大。郁达夫这个人注定要受到伤害，因为他是中国现代文学史上最无所顾忌的一个人，最率直的一个人，最感性化的一个人。"

13 年后，2015 年这次长谈，收进了 2015 年 12 月 24 日创刊的 502 页纸版《静电》第 1 期里，在这次访谈里，就冯新伟诗歌创作，冯新伟自己也谈了许多有价值的个人创作思路和对当代诗的一些思考，弥足珍贵。冯新伟谈到了 2015 年他正主攻的十四行诗,他当时是争取写到120首左右,出个单行本集子,这是当时他对自己的要求,算是一个小目标,他说:"在我家平房上写的那首诗,写到存在主义的那首诗,那首诗薄些,但诗性诗意毕竟还有长处,所以我给选进去给张杰的《静电》了。另外给张杰选了两首十四行诗,我觉得,那两首十四行诗,我基本上也保持着一种新的、进取的态势,一首是《静谧的浴室》,一首是《哈尔滨》。"

2002年民刊《爆炸》第2期上,冯新伟曾回答过他为什么写诗,以及他如何突破困境:"最初写诗是因为诗和诗人对我有极大的诱惑与吸引力,私下里也被成名欲支使着,后来没多久这种成名欲逐渐消失了。写诗完全成为一种个人需要,一种近乎自悦的精神与体力劳动,与其说诗歌写作是对个人心象与外在事物的敏感与关注,倒不如说是对语词对写作这一行为本身的迷恋,以及写作所带来的愉悦。这种体验可不是人人都能享受的。……这个困境不好突破,不管是哪方面的困境,都不好突破,作为诗人来说,你只好通过写作,加倍地写作来突破,通过诗人自身的调节,要不你没有办法,只好通过写作行为本身。"

冯新伟对阿什贝利那种片段式、碎裂式悬空、悬置,不按正常逻辑的叙述,对伍尔芙的《海浪》《到灯塔去》那种从一点迅速跳到另一点,跳跃式的间接的内心独白、自由联想、蒙太奇、幻视、梦境等多种现代手法,也是接纳的。冯新伟当时读了阿什贝利的长诗《山山水水》,说这首诗跳跃性非常大,它到处都是技巧,这首诗每一个词,都能引起另外一种设想。我当时认为那种完整式写诗犹如一颗钻石,纯粹唯一,而阿什贝利犹如把钻石搅碎了,变成许多小颗粒钻石,撒满了桌子,许多小钻石在那里闪光。冯新伟对此很是赞同。

2019年12月7日，河南鲁山一高老校区举办了由我主持的"冯新伟诗歌研读会"，平顶山学院文学院教授赵焕亭在会上谈了对冯新伟诗歌的四点认识，我也深以为然，现整理如下：

一、我为冯新伟的诗歌感动，为西思翎、田海燕的翻译冯新伟诗歌而感动，翻译中国诗歌向海外传播，意义重大。冯新伟诗歌有丰富的西方文化元素，呈现了西方诗歌的文化气息，冯新伟诗歌是开放性、多元化的诗歌，他虽然身居平顶山鲁山小城，但他的眼光是世界性的。

二、冯新伟诗歌显示了诗歌的前卫性，表达了他对诗歌的痴情和挚爱。当家人不支持他时，他并没有放弃诗歌写作。他在诗《铲雪》里，写到因为他的多年埋头写作所产生的兄弟隔膜，他写梦境，写长夜，很亲的家人都不理解他，而他始终在坚守诗歌写作，他在诗歌里写"为什么总是诗人在受苦挨饿""为什么连次改错的机会都没有"，冯新伟没有放弃诗歌，没有放弃诗歌写作信念。

三、冯新伟诗歌有很强的时代感，他很善于吸纳新鲜事物，有一种博大，充分体现了冯新伟的思考，是宇宙级的。还有他写的《时间简史》，副标题是"我是一个基因"，里面写到星球，写到外星人，诗歌意象很有时代感和时代意境，有科学的元素。

四、在现代汉语表达方式、诗歌结构和文体建设上，冯新伟诗歌有突出的贡献，现在距离胡适新诗集《尝试集》发表，已有一百多年，各代诗人努力探索汉诗，冯新伟就是在其中留下深刻足印的诗人，比如冯新伟的《一副旧窗帘》一诗，他挂窗帘，钉钉子，写母亲在下面指导他校正位置歪正，他写到"她却不了解我,是怎样艰难地/取得汉语的信任",这种语言让我惊诧,冯新伟和语言的关系亲密,像老朋友一样,说明他对语言驾轻就熟的能力。

当时一些未能参会的诗人、评论家对冯新伟诗歌的部分评论发言整理附上:

诗人宋琳:冯新伟的诗给我留下印象,是初读《一副旧窗帘》,它让我联想到希尼的某一首与母亲一起收床单的诗。亲情表达的契机来自生活细节,因无作态故感人。小城的孤独或贫困境遇并未影响他的视野,这说明近取诸身、远取诸物之古训乃经验之谈,他的诗中不和众嚣之独立态度尤为难得。诗不可强作,有来斯应,行止于节奏,令其诗透出自然呼吸,方式殊途者亦可引为同道。祈愿新伟安然渡越难关,是为盼!

诗人、评论家冷霜:我读了冯新伟的诗,读到一些真正的好诗。有些诗像《大部分时间》《补白的诗》《新传奇》非常动人,那不仅是因为诗人艰窘的处境与对诗歌始终不渝的热忱之间构成的反差,更和他诗中自我意识的深度有关。这使他的诗既呈现出生存状况的具体性,又超越了这种状况的限制,而抵达了一种更普遍的生命境遇。祝愿他身体康复,写出更多佳作。

诗人、评论家傅元峰:冯新伟的诗沉静内敛,在经验呈现时显示出精神自守的独语特征。因此,他充当了凌乱的当代生活与清洁的母语花园的一条幽深小径,语调亲切,但保留了自己的孤独。

诗人、评论家草树：今天才完整读到冯新伟的诗，真是一个好诗人，语言像锉刀一样去为词与物找到结合的途径，再次验证"好诗在民间"。请张杰转达我的问候。他要像写诗一样坚持康复训练，早日康复。

2022年1月29日平顶山湛南路

目　录

替母亲断想　001
幻觉　002
过客　003
蝉声　004
漫长夏季　005
摇篮曲　006
美好下午　008
遗嘱　009
水：语言　011
深刻的晚餐　012
鲁山：一九二八年夜惊　013
鲁山八景之一：古琴台　015
森林之火　017
一种温度　018
杂说　019
地毯　022
解说　023
一次出门的遭遇　024
风　026
三件东西　027
云且留住　028

乔伊斯　029
春天的情绪进入高潮　030
无题　031
在贫困的日子里　032
241 次普快　033
迷途　034
空地　037
乡村　038
献给拉芳的挽歌　039
跟水近似的心情　041
无题　042
一人一餐　043
春天　044
给自己写信　045
亲爱的，你听　046
我的脸　047
雪神（组诗）　048
病鸟　054
第一朵梅花　056
令人痛楚的回忆　057
家　058
无题　059
米沃什的目光　060
露山　061
云　062
工人　063
树在夏天就像旗帜招展　064

不是挽歌 068
真爱的人懂得幸福 072
午夜的爱,甚至音乐 073
被禁止的游戏 074
黄昏向着夜晚伸延 086
洛阳的司机 087
LI:日记的作者 088
静物 089
午夜 090
爱之变奏 091
巴洛克少女 094
无题 095
我坐着,在我的书店里 096
写给谢妮 097
写作 098
封闭 099
酒 100
平凡 101
风 102
风息的片刻 103
黄昏 104
他:低语 105
今晚,很平静 113
雾 114
吕拉琴歌 115
自选书店 116
歌唱 117

听《基日中尉组曲》 118
灯 119
此刻，夜已经深了 120
我刚刚走过的一截 121
随时等待 122
哭 123
自杀 124
信：不寄 125
艾米莉·狄金森 128
月光 131
父与子 132
题儿子的一幅粉笔画 133
今天 134
无题 135
这个冬天提前来了 136
雪（信，第10封） 137
十一月二十一日晚 138
里尔克 139
音乐课 140
非理性 141
拜访 142
告别 143
火车站的鲁阳饭店 144
月尾之夜 145
巴别塔 146
梵高 147
雪（组诗） 149

准备，或残雪　151
石人山的冬天　154
思念　155
橘子　156
对三只橙子的爱情　157
三十岁　158
诞生诗歌的桌子与房间　159
诗使我年轻　166
写《黎明时刻》的前夜　167
题弗里曼·帕特森的一幅摄影　168
雪　169
雕塑1号　170
无题　171
夜行记　172
蒙塔莱与青年诗人　173
信，第19封　174
我父亲　175
新年献词　176
信，第20封　177
风　178
无音乐的夜晚　179
合法夫妻　180
樱花·邓肯　181
有时，我想振臂高呼　182
求"爱"经历在风中　183
同一个安　184
我听见我的房客每天放一遍音乐　186

绿和光涌进对开的门　187
你不时地在我周围咳嗽　188
赠小林　189
月季花与退役飞机　190
鼓风机在一个房间里　191
镜　192
情史续篇（组诗）　193
暮春　201
北洼　203
傍晚，读古米廖夫　205
和平里旁的一只死鸽　207
分镜头　209
无题　211
抒情　213
痛苦，致蒙德里安　214
酒吧絮语　215
向日葵　216
新站　217
一个长得像屎壳郎的灵魂　218
混凝土或雪（组诗）　219
假面舞会　226
暖冬　228
雨花（组诗十一首）　229
有时　234
新春三日　235
旧货市场之歌　236
方法论　238

波浪拍岸的树村小学校　239
望鸟　240
岳父十年祭　241
愚人船　242
白色的天使之歌　244
湛河（一）　246
纪念跟张点点的一个下午　247
1969 年的母亲　248
冬夜　249
人间写真　250
天鹅星座　251
夏天　253
恋歌　254
魔鬼附身　255
湛河（二）　256
与诗人杜涯一夕谈　257
境地　258
飞扬的一晚　259
这么多的谜　260
肉体的痛　261
西亚斯　262
元宵节　263
中年　264
雪夜的葬礼　265
阳光下的沙岭　267
一个早晨　268
诗学研究　269

初春 270
遗作中的忏悔 271
旧日记 273
少年文学 274
梦见槐林 275
蓝蓝，蓝蓝 276
短诗七首 277
俯瞰花盆 282
短诗三首 283
灰雀 286
雨中纪事 287
影评人 288
雪蛾 289
屋顶散步 290
写生 291
晚秋 292
立冬记事 293
无题 294
地上的窗影 295
沙河之夜（一） 296
在屋顶 297
榆树下的眺望 298
序曲 299
车过许昌 300
祝福 301
溧河区 302
邂逅相逢 304

恶风追记 306
游子吟 307
新月 308
花生 309
为冯蝶生日而作 310
陌生人 312
小巷望月 313
迎春花 314
挖掘机 315
周末的傍晚 316
我的女儿女婿 317
猎梦人 318
带铁栏杆的走廊 319
怪梦录 320
老酒鬼 321
凯旋路 322
月夜街车 323
浪子 324
零度狂想 325
只因为我们穷 326
洛水边 327
挽春 328
白蛾 329
小满 330
整理 331
飞雀 332
涧河以东 333

暮色　334

秋之祭　335

农场　339

白鹤镇　340

诱惑　341

少年时代的父亲　342

日记　343

人类残篇　344

修辞练习　345

流连阁　346

咏紫菊　348

晒太阳　350

神圣的工作　351

局限　352

雪花　353

雪　354

老电影　355

冷　361

晚年的父母　362

冬眠时期的爱情　363

雨水　364

挽歌　365

注释，或酒精中毒症　366

孤独　367

自由格　368

黄金周　369

老伴　370

苦闷的手艺　371
为自我修正　372
夜行客　373
石人山　374
飞过房顶的鹰　375
八十年代的游戏机　376
单一的星期天　378
罗兰·巴特的大街　379
蓝村　380
蜂巢　381
简约派　382
去烟台　383
半岛　385
屏风　387
隐身术　389
死于仲秋　396
湿毒，或疱疹　398
老父与静物　400
赛事　401
老妇人　403
孤独的孩子　405
梦森子　406
梦艾曲　407
下午的梦魇　408
无题　409
麻雀　410
倒春寒　412

回到从前　413

三只黑鸟　415

夜合　417

一个信徒的札记　418

赋闲的日子　419

宿鸟　421

花椒　422

夏日之书　423

萤火虫　424

游泳俱乐部　426

为四十三岁生日而作　427

挽歌　429

冬眠　430

腊月　432

沙河之夜（二）　434

暴风雪　436

看久了枣红色封面　438

后半生　440

起风了　442

梨花腔　443

拒绝为母亲写的挽歌（组诗）　444

岁月的残照　450

夤夜送行　451

悲哀　453

四月　454

孤独　455

一首诗的秘密　456

一副旧窗帘　457
独居　458
七口之家　459
周岁生日纪念　460
闻儿子儿媳和小孙女回济源　462
当天渐渐转凉的时候　463
暖冬的色调　464
寄居塔松的灰斑鸠　465
夜　466
四十七岁大事记　467
小阳春　469
白皮书　471
雪晴日，永伟回来了　473
龙抬头的日子　474
远离　475
一只麻雀的意向　476
夏日幻象　478
八月的蝉（仿张枣）　480
去石人山的路上　481
一瞥　483
2009年中秋　484
残存的　485
补白的诗　486
母亲二周年祭　487
雨夜　488
不问芳名　489
新传奇　490

观落叶　491
在旅馆　492
秃头歌女　493
万里无云　494
迷失在不开心的大街中　495
示儿　497
人贵有自知之明　498
鲁山公园记　499
雪夜洛河　500
春雨贵如油　501
我的前生是只鸟　502
写作　503
草氏兄妹　504
失眠作　505
清明　506
春之祭　507
记暮春的一个阴天　508
去网吧的路上　509
月夜最似梦境　510
八行诗　511
再见，鹁鸪吴　512
穿越十四行　514
求职记　515
草原梦　516
夏日，一笔流水　517
属于诗人的日子已经不多　518
世说新语　519

头发乱了　520
大部分时间　521
继续，不得不继续　522
傍晚的措辞　523
自述（我多么想成为乡村诗人）　525
读道格拉斯·敦　526
丁香　527
梦见一些杂志和书　528
长沙，1984　529
航修厂，1980　530
梦幻花园的园丁　531
老豆腐汤馆　533
初冬　537
此刻，仅有此刻　538
磨针溪　539
黄金时间　541
微博时期的爱情　542
被借用的生平　544
又下雪了　546
朗诵会　547
失侣　548
十行诗　549
苏州公寓　550
春节，大年初一　551
迷失在伏牛山里　552
我丢失的　553
上元夜　554

自画像　555
自嘲（一首拒绝模仿的诗）　556
矿工颂　557
惊蛰　558
你能明白我在说什么　559
退化论　561
幻灯片　562
饥饿感　563
梦想家　564
鲁山，1944　565
杂念　566
翠鸟　567
一支怀旧歌　568
回单位签到　569
绿　571
孤独　572
一个诗人的精神分析　573
死寂的空谷　574
路过新城区　575
新夜行记　576
计划内工作　577
致我的传记作者　578
紫扁豆　579
完整的自由　580
静谧的浴室　581
哈尔滨　582
农场　583

俯视一张玻璃桌　584
在输液中心想起已故的母亲　585
我的黎明俪歌　587
人行道上，邂逅一名美女　588
去晋城拉煤的路上　589
去晋城的路上　590
重读马丁·海德格尔　592
一个少年在奔跑　593
时间简史　594
梅丽尔·斯特里普　595
一穗谷　596
赏菊　597
平顶山河滨公园　598
伊丽莎白·毕肖普　599
新诗人　601
麦田后边的山　602
步行到网吧街　604
无题　605
农事诗　606
无题　607

冯新伟创作年表　608
编后记　616

替母亲断想

记忆的屏幕上
那些熟悉的身影
似乎仍在狂热地挥舞着臂膀
嘴巴一闭一张
却听不见究竟发生过怎样的呼响
究竟怎样
发出了歇斯底里的声响

1985 年 8 月 13 日

幻 觉

阳光从不光顾我的房间
每天我坐在椅子上抽烟
袅袅升起的歌声
仿佛在光柱里,和尘埃同时腐烂

1985 年 11 月

原载冯新伟主编的《星月诗报》1985 年 11 月创刊号(油印)

过 客

那徘徊的足音不忍离去
过客纷纷隐身于黄昏之门
一些熟悉的表情渐渐稀疏
作好了某种姿势以后
我就避开他们
我不动
只是周围的房子在动

纸团在水中缓缓展开

窗棂的忍耐也有限度
门正欲跨出墙壁
我脚下的泥沙水冲掏空
站立不稳的春天
敏感地滑过我潮湿的心
开了朵血红的吻痕

这种事情过些年就能看清
我像一棵烂树,头朝下
被人种植又被人遗忘在郊外

1987 年 4 月

蝉 声

午后
我一个人躺在床上
蝉声
把我的房子包围
它们绿光闪闪的声音
从藏着的地方
一直射到屋内
我像一头笨鸟,从床上
呼地飞起
两条光秃秃的翅膀
没有羽毛

1987 年 7 月

漫长夏季

我的房子外面就是街道就是公路
我每天站在路边渐渐麻木

有很多人在这条河上消失了

没有人肯关心另一个人的烦恼

漫长夏季生活如果每天如此
我不知道是否有人愿意中止这种继续

这年夏天仍有人想到自杀
午后的风景在窗外的阳光下不动
一切都很安详

1987 年 7 月

摇篮曲

睡吧
我的好儿子
爸爸写一首诗给你
此刻正是夏季漫长的午后
妈妈上班去了
我的小白兔
我们正向小星星们的港湾走去
那地方美丽的小蘑菇都睡着了
真的
爸爸不骗你
睡吧
我的小白兔
你出生的那天上午
太阳照耀着你
三月的草长得正茂盛
妈妈说你不会饿着肚子
我的小白兔
你睡吧
你快快长大
长大了
爸爸带你去城外钓鱼

1987 年 7 月 25 日午后

此诗一气呵成,默吟数次,每次都能把自己感动,情和泪涌。在近年诗作中是我最美最好的一件作品。不眠村人冯新伟追记。

美好下午

你回来了
我坐在椅子上没动
静静地看你脱鞋
看你把红拖鞋换上
外面雨还在下吗?
孩子睡着了
你别惊醒他
你看他睡得多么安稳
手放在额头上的动作有点像你
那姿势很像是一个大孩子
躺在一条船上做梦
港湾静静被雨淋湿

1987 年 8 月 4 日

遗　嘱

闭上眼睛
我听到屋檐下脆弱的水声
我听到月光的水银静静漫过门槛

有人在附近走动
那沙沙的脚步声其实是我的意念

我的思想没有任何形状
秋虫比我活得更真实
我死了以后，就希望变成这种声音

很多歌声都跟生与死有关
我儿子的一生将比我幸福

我活着不能成为一块石头是我的悲哀
我活着不能成为一棵树是我伤心的事情

很多人和很多花朵开过了
以后会继续盛开一些花一些名字

然而，我却没有留下一首像样的诗
除了儿子还记得他有个父亲

像草一样活过
雨淋湿后又被太阳晒暖

1987年9月3日

水：语言

我对着你轻轻说话

想象你以后的日子很美很遥远
这一天离雨季不远
离冬天很近
我看不见你流泪的眼睛
怎样诉说

风将有风的难言之处

我在第二天的扉页上
读到了水的形状

1987 年 9 月 6 日 午后

深刻的晚餐

我夹在今天与明天之间
我是今天与明天之间的标本
很多时候甚至很多年以后
我还会想起今天阴云收去了阳光

我坐着
胃里消化着晚餐
它们是活着的豆腐
在我体内暗暗滋长的白菜
我是渐渐走近的夜的晚餐
它将像我消化白菜、豆腐那样消化我
它有巨大的餐桌和胃
并给我一次做梦的机会
让我躺着愉快地呻吟
直到天色微明

现在我说出来了您就知道事情是多么简单
许多年来几乎都是这样
我消化着食物又被别人当作晚餐

1987 年 10 月 30 日

鲁山：一九二八年夜惊

那一种声音来自四野发情的罂粟
掠过屋脊，如萧萧秋声
嫩绿的树叶眨眼间枯黄
飞入你凄丽的梦境五彩缤纷
想起了什么或想要忘记一些什么
这个世界上的事物有始有终
遥遥期待的山冈沉睡在午夜
流落街头的醉鬼突然酒醒
多事的年月久旱不雨
结出干瘪如虱的麦子铺天盖地
驻足细听林子里若有若无的嘤嘤哭声
不寒而栗的纸钱白幡眼花缭乱
你翻身就在这梦境坐起
跟随穿黑衣的怪异之声
朝空旷屋外的另一个梦境走去
一些你熟悉的和不熟悉的面孔
呆滞而又惊惧
他们手舞足蹈尖声怪叫
围着老树奔跑
其中最健壮的青年像是我多年后
久病不愈上吊死去的爷爷
久旱的嘴唇上鳞片悄悄剥落

茫然四顾的眼神仿佛置身黑河

他揪住一个汉子俩人拼命厮打

忘记对方是换帖多年的患难之交

他们一个是打铁的一个在街头挂灯卖猪头肉

待到夜深人静的炉边

大声说话

大碗喝酒

仿佛有风摇曳着万般柔情

隔壁寡妇的窗纸上油灯飘忽如豆

如焚的目光纯净的目光

收回来相视一笑仅此而已

他们年纪轻轻就在小城颇有名气

我爷爷补锅补得很好

后来他娶了一家卷烟作坊的小女为妻

那时候我父亲还是草尖上的露珠

而什么都不是的我此刻正躲在树上

窥视那场夜惊

1987 年 11 月

鲁山八景之一：古琴台

那一夜月光朦胧如同白昼
蓝火苗没有熄灭寂寞如冰
漫漫长廊，枯叶没径
屋外有破冰汲水之声
就在这时你做了奇怪之梦
你梦见很多年后古琴台成了一座孤坟
望穿秋水的眼窝深陷无边
如针的睫毛一根根脱落
变作飞鸟的羽毛色彩斑斓
唯一的风铃被风摘去
荒弃已久的石级足音袅袅
飞檐吮吸太阳之光焚烧自己
临风吟哦的故人如烟飘散
明日之鸟自昨天飞来
铜镜里
你挑灯阅读年轻时
深藏脸中的皱纹
如蚯蚓爬过古旧的墙壁
你一夜间苍老如河
日日走过的地方面目全非
很多人很多故事深深地潜入草丛
留下生锈的枪栓、弹壳以及

枯树枝般脆弱的手冻成白骨

磷火自然逃遁

墙开始摇晃

静谧的午后如死一般

情欲扇起无形之风蹑足走过

我这年十岁和几个男孩站在坟头撒尿若惊若恐

慌目四顾，风吹草动

仿佛不绝于耳的琴声自唐朝飘来

1987年12月1日夜

森林之火

(背景:从另一些城市开来的消防车在屋外月光
下虚张声势……)

原来坐下来修修指甲是一种消遣
接着找块破布把家具擦洗干净
让它们露出它们原有的光泽
我感到一阵轻松,就像
刚从浴池出来时那种感觉

别把事情看得过重,我对我说

别停下来,手脚要配合好节奏
这样心事或许是一种音乐
始终贯穿在我连续的动作中
我擦呀擦呀,眼前开始出现光泽
我擦呀擦呀,我觉得我像是换了个人

1987 年 12 月

一种温度

一种温度使屋顶上的残雪融化成水
一种风听懂了枯叶的语言
一种声音在门窗视线之内
一种白昼遥远无垠在我们身体之外
一种女人胃口很好皮肤光滑
一种买卖相互躲闪刚刚开始
一种生活生活在生活中间
一种微笑属于孩子也属于老人
一种鸟穿着衣服在梦境飞过
一种手抓住机会又把它松开
一种宗教站在边缘不能深入内心
一种感情无意间流露会碰伤别人
一种晴朗迷失在风里
一种迷失在透明的云层
一种痛苦在所有痛苦之外
一种春天连接所有春天我们置身其中

1987 年 12 月

杂　说

　　所谓诗人便是为我们打破习惯的人
　　　　——［法］圣-琼·佩斯

一

季节是一种方式，是生命孕育、生长、成熟的过程
在很简单的黑夜与白昼背后
爱情，是它全部的内容
这不能等同于文字的结构
水是有生命的液体，它流动，它波光闪烁
它飘浮在我们头顶就变成云的形状
就是我们随意吐出的呵气
而我们由来已久的自信就来自那里

在夏天，在炎热的林边
西瓜成熟，野百合具有无限的挑逗性

二

　　一首诗就是一个生命展开的过程

生活的含义是一朵花,是妩媚的目的
在日常琐碎的事物里
渐渐枯萎,草籽在风里失踪
村外黄犬的吠声振动了雨季

诗就是在一个偶然的时刻,突然
唤醒你曾经有过但已不复存在的美好时刻
包括那些零乱而又迟钝的记忆,感觉
以及发黄的照片

三

风　庞大源远的家族牢牢地把我控制在
它们那无形的手中,包括我跟随之前的
以及跟随我之后的世上所有的事物
都难以逃脱

四

车轮在我屁股底下飞快地转动
客车,这头横冲直撞的家伙把我们
这些互不相识者聚在一起会餐　然后
沿途吐出
再吸收一些新的营养
客车是最真实的磁铁
吐出和吸收

表明了它生存的全部意义

五

把这些文字读出来变成话语
把这些文字读出来让它们发出声音
让它们的翅膀震颤空气
录在磁带里暗示我们

打开
一扇扇无形之门
我们是那些翅膀下的阴影

六

还有很多人不知道此行的目的
我说出的正是你梦想到却难以理解的话语

1988年1月20日夜

地　毯

你的咳嗽，你的脚步声被地毯淹没
你在地毯上面你的心很软很平和
这是一片绿茵，它散发出草香
空气里有纯净的罂粟有水的味道
有少女的气息有鹿的喷嚏
从屋门到阳台会有一首诗诞生
蜜蜂的嗡嗡声，那甜蜜的翅膀极薄极透明
它打开一扇小窗打开丛林里的蜂箱
迎风摆动的飘带一条小河
一条绿色的蚯蚓在丘岭间蠕动
这是正午，蝉在枝叶间躲着眼睛脱壳
如果活到明天活到秋天你就会看见
一只只金翅膀的小鸟从树上飘落
阳光像温暖的虫子爬进窗来

那时候月亮是一只红颜色鸽子它咕咕叫着
掠过屋顶掠过地毯，这一夜
你安睡在上面你梦见一个女人蓝色的手触及了海岸

1988 年 1 月

解 说

透过瀑布纯净的眼睑你将听到牧歌

鹿回头,温驯的眼神柔和于水的颜色
枪在猎人背上像一枝干柴
密林深处,暮色悄悄散开
篝火的火星悬浮在天空成了星座
白昼接近黄昏带着蓝色的情绪

牧歌是一种声音划破了空气
它试想此去杳无音信却又被绝壁挡回
山谷倾斜水波闪闪流动是一种来自久远的思想
岩石或蹲或卧,静听
河谷湿润的水声之外松涛低沉的呼唤

1988 年 1 月

一次出门的遭遇

这是一次出门的遭遇

我不认识我自己　我是谁　谁又是我

走在大街上，走在雨幕蒙蒙的没有边缘的中间地带

在每一双世俗的眼里

在每一声习惯的呼唤里

我　仅仅属于某一种姓氏　一种符号

一个简单的标记

风或者雨在它们交替的唠叨中

我的名字被赋予了另一番意义

而我的全部价值就在于：每天早晨

醒来，穿衣，吃早餐，然后

出门　做一些跟昨天相似的事情

披着星星染蓝的暮色回来

用习惯的动作开门，扭亮台灯

进入房间的情绪

进入房间灯光下的情绪

点燃书柜上的烟

制造烟雾缭绕好似山下村庄升起炊烟

袅袅的那种氛围

很多年过去

时间形成了河流的概念

我只能沿着道路般笔直的思想朝前走去

而不能返身,或者停下来
移动刻在树上的标志
那树是枯萎的那树没有枝叶那树已经患上不治之症

1988年1月8日

风

昨天那阵大风在阳光下浩浩荡荡掠过
一路荡起的尘埃长久不散
惶恐不安的人自称地球主宰的人
缩在玻璃后面窥探
该做的事情不能去做破口大骂
晚上天黑了看不见它的模样
听声音大队人马还没有过完
到今天树们摇晃得不那么绝望了
轻轻走过的是一些矮小的掉队者

1988年3月7日午后

三件东西

盐罐里不锈钢勺子正在患病
它疼痛的难忍无法
通过我的嘴说出,因此
它只能把病变后的溃烂
展示到一定程度

就像大雨滂沱的天气
玻璃冰凉的皮肤也会虚汗淋漓
也会发出嘶叫
并把我薄如呼吸的耳膜
震坏,这天,我感到了真正的疼痛

我不得不去教训那些
从隐秘地方暗暗滋长出来的
草。我将不停地
一根一根地拔掉它们
再弹到迅速转向的风里

1988 年 3 月 22 日

云且留住

做一个平庸的人同样需要耐心
祈求晴朗的日子来临
噩梦中不断醒来的床　漂流四方
雨季浩渺如阴天下的湖烟

谁将替代每一个明媚时刻
而短短的墙外　呼吸短促
午后开始胸闷的植物人模人样
伸出手或在收回手之间
缓慢地抚平皱纹，云且留住

云就是水到空中流浪
产生了电，照耀雨夜众多低垂的思想
而在此刻，一只破窗而入的猫
窥见一粒麦种在鞋里发霉

1988 年 3 月 24 日夜

乔伊斯

在他坚硬的意志里思想碎成瓦片
一块块梦幻的飘带镶着白色花纹
陷入沉思状态的并不都是石头
接海连天的草被阵风卷走

没有人窥视到心灵更深处的秘密
爱尔兰人乔伊斯睡着、醒来都在做梦
从肉体细密处流出内心的独白
他跟呓语和守灵者最为接近

乔伊斯,你一个活着的人,为什么
在一个月夜深入一群死者当中
听到昆虫跟他们交谈的话语,为什么
说到死就像说起一件跟自己无关的事情

让所有活着的人读你像读一段生命之谜
月亮缓慢地爬上爬下,十字架在微微晃动
为迎接一个大师的到来并安详离去
默默致礼的墓碑列队向两边后退

1988 年 4 月

春天的情绪进入高潮

春天的情绪进入高潮
雨季纷乱的私语正沿着草地来临
沉默一冬的树相继吐出嫩绿的话语
在一朵云和另外几朵云的顾盼中
我怀着初恋的心情

某些事情的透明度最后像烟飘散后的情景
天蓝得使每个人的初生宁静无声

当然有过下雪的时候
雨下得久了听起来像轻盈的音乐
而往事的来访也在意料之中
它在两个雷声响过的间歇涉过泥泞
唤醒我并走进我敞开的门

1988 年 4 月 28 日

无 题

水簇拥着石头时间轻轻滑过去的时候
我不知道石头有什么样的感觉

假如我带着怀旧情绪再次跟你相遇
你会不会在无意的迟疑中有意躲避我

一列客车把我丢在陌生小站那是多年以前
被冬夜的叫声围困我当时想了些什么呢

这以后连续很多年我守护在妻儿身边
慢慢咀嚼生活

固守着想象中和谐的诗歌不能去接近自然
去接近更多的人

1988 年 4 月 29 日午后

在贫困的日子里

在贫困的日子里
走出门去
不会被一句话绊倒
阳光刺疼肩头让我想到春天
飞来飞去的鸟
风中颤动在枝头的鸟
那欲飞的绿叶闪闪烁烁
水漫上河床的声音那么细小
饥饿的天空蓝蓝地消化着云朵
消化着那些石头
我的呼吸均匀而平静
晾在河滩上的蚌一开一合
我的胃我的口袋干瘪而美好
在贫困的日子里
我和我的妻儿顽强地活着
也争吵也唱歌也笑,而
那些小小的石子儿、鸟状树叶
都会成为贫困日子里我儿子喜爱的玩具

1988 年 8 月 8 日晚

241 次普快

我在一所大房子里等待火车
铁轨在屋外的阳光下静静地发烧
长椅上的旅客各有各的姿势
他们的心情偶尔跟我一样

241 次普快在两个车站之间超负荷运动
241 次普快在众多可能之外还有四种可能
241 次普快有座位的人昏睡、阅读或者吃东西
241 次普快将要经过的小站写诗的只我一个

火车像一头怪物自我梦境的头颅穿过
我站在拥挤的车厢里慢慢接近家园
某天我突然死去而火车还活着
它钻隧道的声音　像一段水

流向另一个夜晚

1988 年 9 月

迷　途

自始而终，从石头上跳过去那人是谁？
风声敛息，最高处的密林也坠入死寂之谜
河谷预感到：云朵呈现的爻象跟那人的心境相近
怪鸟来了又走了，地球在脚下打滑
河流细如掌纹，由于微观：它蜿蜒如蛇，但不流动
谁？谁在秋天的午夜听到一只空罐头瓶滚下河谷的声音

接下来的呼吸潮湿、短促
匕首握在滑腻的手中，听一种威胁逼近，结果
它绕过巨大的漆树远去，这一夜经历了一生的恐惧
自始至终的感觉是：我们身居何处？
我们是兽抑或是人？
这恐怖的天象是否同时出现在一只饿狼的眼中？

残月被一只张牙舞爪的乌云吞噬
浓重的黑暗像是沉闷的黑洞把我们围困
活着的只有意识和几颗心脏，而
微明的蓝色气息又在倍感绝望的时辰
袭击了我们的胃

我们只能在梦中扮演一次次惊险的逃脱：
往森林深处奔逃被滑腻柔软的苔藓绊倒

蓝光照亮了森林很多大树很多父母兄妹被雷电击毙
穿过矮树丛，躲过耸立的巨石
远离地图上等高线密集的地带
我们气喘吁吁
我们抚慰含在口腔的心脏，稍不小心它就会蹦出来……

在梦境里我们被真实感动。醒来，湖是没有了
岸边堆积着破损的渔具，网一碰就碎
风里嗅不出腥味，鱼全部进化为鸟类，我们渴望雨

就像渴望痛痛快快地死去

呵，水！水！所有的水，还有我们带来的水
在旱季，都被太阳渴饮

其实，我们隐身河谷昭示着一段岁月
走不动的生命靠上岩石喘息战栗于岩石的喘息
逃是逃不脱了，这是今生与生俱来的渊薮
索性静静打坐，静静回想家园

女人的手伸向哪里？女人的手为什么生长罂粟？
女人为什么会像花那样盛开又败落？

注目浮云，那里心事浩茫
一两声鹿唳摇落掉秋天的红枫
藏在岩石下的秘密都在呼吸，除了星座，还有谁了如指掌？

无数次山洪暴发把覆叶和朽木冲进河谷
石头被洗净。目光被洗净,眼睛有时会像蔚蓝色的天空那样
发出愉悦的声音

而我们究竟是谁?我们为什么肆无忌惮地谈论女人
疲惫的心却充满温情?

火光把围坐的各种姿态投影到洞壁上,我们
不安地晃动。笑声、粗野的叫骂也会在第二天走出石壁
跟我们一同离去。留下一堆灰烬,我们回望冬天

一尊尊肃穆的山峰组合成白莲花繁殖的形状
我们　曾经是迷失在风中的花蕊

1988 年 10 月完稿

空　地

我自一块空地走过
碰伤空气就是碰碎一块玻璃
草在风中抚摸石头
我向上托起的乳房是两枚熟透的果子
我在伤害你的同时也被你伤害
你身上脱落的树叶
一件件　掉在地上

冰凉而又柔软的伤害呵
使我在这块空地上汗水涔涔
我们仇恨每一句呻吟
互相伤害的动作不会衰老
在回忆果子上一对弧形牙痕时
我穿过空地
就是穿过你遍布陷阱的身体

1988 年 11 月

乡 村

我栖身已久的小城以前比现在更小
出城我就回到可爱的乡村
在收割季节我深入劳动的女人当中
在她们丰硕乳房的包围下
我把金黄的麦子一棵棵放倒
她们的香味饱含麦子的香味
她们的笑声使我手足无措
她们开心时会脱掉我诗人的装束
用一捆一捆麦子把我埋葬
我知道我的动作很笨
可我又是多么心甘情愿

1988 年 11 月

献给拉芳的挽歌

我在中国一个偏远小城
倾倒一杯酒
默默为你祈祷,拉芳

世界这么大,我们不可能
相遇,就像我们在同一年
在不同的地点出生

你的出生和死亡将无法模仿
活在另一个真实的地方
那里的事物显得纯粹

永不会消亡。就像话语
就像你无法忘记的歌声
肉体的腐烂也不是最后的

一双冰凉的手握紧并松开了八月
一副美丽的股骨折断时
发出脆弱的声响

你就这样被伤害了
而你生前不曾伤害过任何人

任性作为一种美在世界各地流行

拉芳,没有你的安慰
雕塑多么无力,布满灰尘
贝纳特的目光因哀伤改变颜色

在法国南部山谷
在这以后,不断有
苹果熟透的味道飘进窗户

1988 年 11 月 30 日

跟水近似的心情

在星空下汲水
水在黧夜比白天清凉
我说不准它的颜色
但我提着它
是一种近似的心情
越来越模糊的房子
也听到了水声
我想到古人静观星象
忘掉身外之事
流水声在夜间闪闪发光
病妻在床上越来越贴近
祈祷，她这时感觉轻松
跟我一样
细想水的来历
耐心等火炉把水烧开

1989 年 3 月

无 题

我从屋里走到强烈的阳光下
是一件不知不觉的事情
空气晴朗而又温暖
伸手就可以触摸，我
抬手从铁丝绳上取下毛巾

铁丝的一端套着一棵正在发情的树

另一端抓住一座房屋
我就困守在这座房屋
窗户正对着这棵发情的树
我抬手从铁丝绳上取下毛巾
我没有看见树和房屋

我用毛巾擦着鼻尖
毛巾的水分还有些残留的部分
我发现自己站在院子里时
已无法想起一个人
从屋里走到阳光下的过程

1989 年 4 月

一人一餐

我往疲软的青菜上撒盐
锅底的伤口一阵疼痛
我往疲软的青菜上撒盐
水冒热气,我右手执勺
锅盖提着我垂下的左手

我嗅到一种混合的香味
熟透的米,石榴的牙齿
灿烂,透明
妻儿没在家就是这样
饿晕之际
才想起给胃弄点吃的

一把米,一碗水,几片青菜就够了
盐是最后的强调

1989 年 5 月

春　天

我想接近
楼梯顶端的橡皮树
和茶花

我想接近
橡皮树和茶花旁边的
粉红色铁皮门

我想接近
楼梯顶端的橡皮树
和茶花旁边的
粉红色铁皮门后面的
少女

我想把楼梯顶端的橡皮树
和茶花旁边的粉红色铁皮
门后面的少女用粉红色的
动作打开

1989 年 5 月

给自己写信

1

离开傍晚的海滨,我的身影被月光的喊声吹响。
写一封信寄给今晚的梦。写一封信乘车到另一个城市
去寄给自己。弓箭爬上忧虑的礁石。一只橘子我依然
没有剥开它的内容。坐在橘子的内部,我是那么幽暗。
一封信上的字迹留下空白的救援,而等待分离的心情,
已经一瓣一瓣排好,挨得很近。

2

从屋内到屋外,我在原地生活,被往事隔在这里。
已经很久了。没有去过的地方一直在远处期待。也许
不久,我就会出门寻找它们。那地方,我想象不出会
是那么丰富,那地方的人属于另外的颜色,语言陌生,
但有一种直接的安慰出于亲切。那里的书籍和事物是
一次最终的湮没,那里的门窗,一扇扇,对着生命打开。

1989 年 8 月

亲爱的，你听

山冈倾斜的面庞
期待一次死亡
就像期待一朵红枫
（困兽的狂奔再次于窗外消亡）

古人在雪夜轻轻叩响柴扉
寂静　永远是回答一个询问
（秋天的每片落叶都经过我的嘴唇）

语言脱离了晴空
雪在我的裸足下欢叫
（小小的绿色的昆虫展开了它的透明）

火焰在河面上焚烧
结束野餐的情侣决定迷失远方
（蓝色的夜、湖泊已倾心于告别）

没有休止的风拿走了
我最后一顶草帽
（蝉后，雪地的心情空旷而又安详）

1989年9月

我的脸

我的脸
在另外的
这样的时刻
贴近了
死亡的内部
它正把它的脸
转向
我的脸

我把手伸给死亡
也看到了
它在事物中真实的
面貌
我和它
都不是过程
我们始终是
手碰着手
脸贴着脸
彼此很熟悉地
呈现出询问

1989 年 11 月

雪神（组诗）

1. 裸雪的火焰

也是在那样的笑容以后
我摸遍了春天的器官和你小小的歌唱
与你相遇，我又是怎样进入了葡萄？

是那种淡淡的蓝，是那么的
不缺乏曲线和翅膀。你或是我
对白色中的紫色一如既往

葡萄中的一个冬天湮没无闻
因为淡淡的蓝和白色中的紫色
我听到了拒绝：你的皮肤，裸雪的火焰

小小的合而为一的祈祷，一个冬天
葡萄中唯一的真实又能说明什么
仅仅用你的柔软就将我割破了

1989 年 12 月 20 日

2. 雪神

又一场雪,又一个冬天在期待中来临
雪神吻着我们小小的火炉和家庭
在它面前,我们自身是多么虚弱啊
儿子递过来冻伤的耳朵:听一听雪神

从午夜到今天,它一直在祝福
在轻声走动。什么时候开始
你握住了仅属于自己的孤独?

吹一吹雪花,停住内心的叹息
在雪神护卫下接近贫穷和诗歌
我比其他人幸运

冬至的前夜,雪神的背影休息
我有一种感恩进入雪地的呻吟

1989 年 12 月 21 日

3. 蒙难日

我是在雪地为爱情蒙难
洒对我有一种近似情人的抚慰
薄暮的一片鸟音远在无限的怀想中

值得我怀恋的是昔日流泪的时光
转过沧桑的询问,我又能坚守多久?
能痛快地哭一场该是多么幸福

自己把自己感动的一时胜过恋爱一生
你走进我的瞬间,雪神
你是否抚摸过自己,然后才是祝愿?

我一说出孤独孤独就离开了我
这比失去情人,失去酒和雪
更让我亲近死亡
儿子,你怎么能与诗歌相比
爱妻,你怎么能进入事物的内心
悠久的诗歌的病症
是因为人离诗歌太远,一生难以亲近
能够离开房子,永远在大地上流浪
诗歌会从遥远关怀我们

1989 年 12 月 22 日午后

4. 酒和手

一所房子里祈求的诗歌
将无意中完成我
雪的背景不再是雪。语言
在更多的含混中呈现出清晰

前所未有的结合啊，神述的蒙蔽
那祈求来自更动人的祈求
一如雪打动的温情，为恋人所无

爱情告别了一次次朗诵
谁拥有谁？浪漫，特别是浪漫
仅是浪漫的一个动作
避开再生的元素、水晶和火焰
我退出冰柱，回到雪
死于一生的平安

我活着，说不出永远真实的心境
伤心的午后，白昼完美，雪略知解脱
这时候听冰柱坠毁
造成我膝盖以下的恐怖
我的出生没有任何理由

描述到身的悲哀，我请求
我宁要死亡

1989 年 12 月 23 日

5. 小天堂

在小天堂跌倒我是笑声的庆典
沾满雪花的笑掩饰了泪水

在小天堂我饮着同一瓶酒
词分两路，包抄金粉的疯狂
雪祷节，我邂逅幸福的王后
仅与蓝珊瑚说话，看见林中的矮神
我讨厌水，追不上彩虹
回到蝴蝶中蜕变，寻找咒语和度假
哦魔法魔法，我在小天堂收回金粉

1989 年 12 月 23 日晚

6. 雪融

通过酒，雪神
你开始在我的意念里隐形
我停下，动作屏住了饮酒
住在一滴泪中遥想鼻子发酸

我爱过而没有波动的少女
她站在原地，用手掌降雪
很快就收回预言
我恨透了也许。在异乡我不得不
回到多少年以后的今天
聆听她在远处降雪时呼救

通过雪吧，酒神
站在你们背后，我是最后一个

看见这种幸会
这么多年。我从未想到母亲
那是一闪念的仇恨,又被神护卫

偶尔寻一寻词根:每个人共有的母亲
或是第一个情人的叛离
缤纷的身段,语言的源源开花

1989 年 12 月 25 日

病　鸟

1

病鸟在雪中寻找一片灌木

它要躲避的以往幻象
已在一次偶然的停顿中分离

2

灌木在雪地呻吟
病鸟记起与病鸟有关的神
生着近似的病
那病跟神一样
至今没有命名

3

现在，病鸟离神很近

神只是远远地看着它
而病鸟一动不动

4

神说,过冬无益健康
病鸟祈助于明年花开的声音

1989 年 12 月 21 日夜

第一朵梅花

第一朵梅花是我和妻子的对话
雪是十二朵梅花后面的停顿
幻象的疼痛出了内心,手停在语词的内部

安居语言的圣殿,我向妻子打听梅花
你是否了解梅花的愿望和方向?
雪天,到处都是梅花

我们不停地谈论梅花
首先是黄梅。它有一层光洁的暗香
被绝对的黑衬托,真实得让人难辨真假

就是这样,人在奇迹面前总是充满疑虑
对自己和梅花感到吃惊

我见过梅花。但跟你见到的不一样
那是十二朵梅花同时在雪中焚烧
不多不少。每朵长得跟另一朵相像
那微妙的区别,不仅仅表现在颜色方面
每朵又和雪沟通

你是梅花之外的梅花

1990 年 1 月 17 日

令人痛楚的回忆

令人痛楚的回忆
生活的一两个青春片段
一生的灾难和女人有关
深入白昼、衰老和无畏的中年
谁的面容还会像旧事物那样闪烁?

我常在雨天看见我的青春时光
看见节日、篝火、民间舞蹈
一生的灾难深入白昼
衰老和女人,两副交替闪光的面容
鼓舞旧事物。
太巨大的痛苦,能使痛苦消溶。

1990 年 2 月

家

晚年孤寂的父母
除了葡萄和石榴,庭园里
我看不到一点幸福
空旷的房间缺少家具或缺少温暖。
指甲花布满庭园的角落,使其更加荒芜。
少得可怜的花朵!儿孙满堂的花朵!
是否已被疯长的叶片掠夺?

1990 年夏草

无 题

尽管这雨点急促,来势凶猛但仍未有
击破守夜者一贯珍视的旧梦?

闪电的攻势越来越紧迫
那些刺激的老式灵感
使一种虚弱的新手
的心灵在初落的大雨点中
产生了动摇

1990 年 7 月

米沃什的目光

每次低头,都要碰到这位流亡的波兰人的目光
这是什么样的目光,比鹰锐利,比太阳更强烈更直接
适宜穿透任何隐匿在黑暗中的事物。

一个盛夏的雨天。
我所看到的真实和迟疑,过分阴暗的想象
正在被雨水冲刷和洗净:
天空。道路。鲜亮饱满的树木。
可以触摸的一切。不意味着人道又意味着什么?
移向雨水中的米沃什的目光,圣洁、高尚,
不失温存。
我将被辉映、一贯地照耀。
不会减弱的光芒,最高意义的诗篇。
我们相遇,正赶上鲜花没来得及从盛夏离开。

雨水中米沃什的目光。
走在雨中的人简洁、从容。
他们的内心和服饰鼓励着夏天,多么值得爱
值得赞扬。

1990 年 7 月 21 日

露　山

你就是永恒了，露山
此刻，我再一次看见　并注视着你
在此之前，在离昨天
更远的昨天，我向你冲锋
并发出愉快的叫喊。

站在你的高处，向下，向远处亲切地
观望：油菜花，麦田，多么宁静的县城

我在移动的车窗后面注视着你
露山，青灰色的存在，这记忆中的
家园的标志
你本质的？岩、混合其中的
泥土——突兀在（小盆地东边）的露山
是什么使你永恒？
是什么使你反复在我生命中呈现？

雨会不停地淋湿你和你身上的树、青草；
村庄、县城也会在你脚下一一熄灭；
一片湖水、水边的渔民
更早更久远的逝者啊，
我，还有我这首诗也不会活得更久。

1990年8月21日午夜草就

云

何时能到达
大海,沙漠,人类的腹地。
云比看到的还要高,
似乎不是它自身的移动
或者风在放逐。

已经活了很久,每天
都在向衰老进军,向衰老提供
青春的证明。这要到永远
从没有开始,也没有结束。

心随云动。在这个世界上
还有几个人每天仰望一次天空?
一种持久的灵魂。

1990 年

工 人

工厂的巨大屋顶
小作坊　一台台转动的
一双油手、机器
活在眼中,汽油的飘香
一段轴承喂饱了黄油
我卸下的轮胎又被我装上
一包包黄油喂养着轴承
我卸下的轮胎　又被我装上

1991 年

树在夏天就像旗帜招展

一

树在夏天就像旗帜招展
白色的屋顶，大地波动的海
没有鸽子和海鸥
只有疯狂
人类心灵归于黯淡的夜晚
最后一个女人
端起泡沫喷溅的杯盏

二

在广漠的土地上
盛产粮食和子弹

两种相对的哲学
爱是恨的元素

肤色迥异的民族
孤独的合法者，他们
只好闷头喝酒或者抽烟

本世纪的弱点
战争与疾病。恐怖分子
沙漠风暴以及情人们拥吻
鸽子和海鸥减少到零

神也死了
鬼怪们的出生
体现为抽象、残暴的神性

在不远的一个明媚秋天
一座黄昏笼罩的山谷
诗人！你是否学会了宰羊
结束羊的一生

三

儿子在我赤裸的手臂上
画着幼稚的图像
他坐在我腿上，是一个初夏
这情景从未有过
我感到满足
我和儿子共同创造的
幸福时刻

而他的诞生出自偶然
世界的偶然性

没有必然和规律
我相信梦幻
现实是强加给我们的草冠

他被水洗得圣洁而又干净
拒绝吃药或打针
逃避是他玩惯的把戏
我手臂上的图案像他的背影
又像一把张开的雨伞

四

树在夏天就像旗帜招展
一本诗集
也会有迷人的遭遇
不是为了阅读,而是为了焚毁
我必须牢牢记住:
每天都要提防那些不速之客
美的破坏者。蛀虫

强烈的日光下的白色屋顶
气温每天都在上升
由于巨爪和它的阴影
鸽子和海鸥减少到无

一个来临的蓝色早晨

树在夏天就像旗帜招展
一座木质拱桥
飞翔在河流上空

1991 年 5 月 13 日

不是挽歌

一

春天封闭的火,依然的烈焰
在果实尚未诞生的时刻
脆弱的花,她们陨落了。枝叶开始繁茂
预示着自然的一个时代结束
另一个时代的绿色转折

而泥土,我一直认为
是真正的荣耀。它板结或松软
不朽的生命在飞翔、奔走

雨和雷电在照耀。理性的石头
被泥土簇拥。它们的到来
以及被证实为毁灭的时辰
火啊,另一种洪流
自然所裸露的呈现为解答

而时代精英们,围绕烈焰的圣者
出于间接和他们虚假的容貌
使我不能彻底信任他们

二

我知道极少的朋友隐蔽着火
他们的灵魂与肉体一直被炙烤
语言和幻象,暂时受辱
花朵的脆弱波及众多心灵

世界的关键是什么?
简单的命题
也令我茫然失措。其实
我关心更多的是水泥和几百块砖头

光明的意志无法转动。少女们
不能等同于花朵。愈是美丽的愈趋向平庸
作为美的追求者
我必须大唱挽歌——

三

亲友们在悼念坟墓。祭日
像麦浪那样宁静。我妻子弯下她优美的双膝
多少年过去了,眼泪使她容颜衰落

故去的人,连一叶香椿也不能尝到
香椿在他手中,没有一个字长久

但他的死，与另一些人的死
留给我的不是悲哀，而是狂怒
截然不同的死呵。海子
死于绝望。有些人
在自然之死之外死于无动于衷

悬挂在黑暗尽头的灯盏。无言的山冈
手指被匕首帮的夜晚刺痛
谁是我心灵唯一的签到者
又是谁愧对鲜花般的亡灵

四

对健康的行路者
寄予同情。但是愤怒
紧紧攥住了我

多么需要音乐！泥瓦匠在春天
对美，对善意的事物
有更高的要求

他们的爱
和谐而又平整，像俄罗斯无名的园丁
在偶然和劳动中

哼唱的民歌

"凡尼娅坐在沙发上",而他们
在音乐中操纵着瓦刀

五

世界的改良者。革命和英雄
所有上升的
哪怕极普通的高尚者的心灵
他们质地坚韧
值得我学习一生

六

持续多年的雨没有把火浇灭
甜蜜的愿望,战士的激情
最好的书籍和公民
在冬天明亮的地方得以保留
尽管晚归的雪纷纷扬扬
在几个并不抒情的夜晚
愤恨、诅咒的言辞
暂时被遗忘

我们把酒杯举得没有往常那样高
低头啜饮时,已经垂下眼帘和长发

1991 年 5 月 8 日

真爱的人懂得幸福

真爱的人懂得幸福
八八年盛夏,第一次相遇
意味着钟情
小小的院落,只有你独自一人
你洗好的衣服
晾在花朵上空

一串钥匙,打开了爱情的门户
你那时单纯,散发着中学生气息
陪着你妈妈散步,我看见了
上帝也在嫉妒。而我珍爱你的青春和纯朴
像珍爱古希腊雕塑

真爱的人懂得幸福
懂得——记得那么清晰:
哪怕能成为你的兄长
对小妹充满爱护,就是英雄
但你并不缺少哥哥

1991年6月12日晚

午夜的爱,甚至音乐

  爱 就是孤独对孤独
      ——题记

你,一个纯洁的女孩
在音乐中聆听。我看见
众多熟悉的面容,她们无法与你相比
我爱过,经历过
每天在写诗中生活。这生命中的生命
你漂浮在午夜的音乐中

你就在我身旁。蓄谋已久的爱
却无法言述,哪怕一个眼神
一个充满爱意的动作
也从未有过
我用我的思想行动,甚至是血和劳作

这是午夜的爱,午夜的音乐
日常中,安宁与停顿的片刻
像诗歌那样永恒。她展开的双翼
圣洁、轻盈,来自天庭
但比不上你一个小小的微笑

1991年6月12日晚

被禁止的游戏

> 我还要使用更严厉的言语呢:
> 因为你的贪婪使世界陷入悲惨,
> 把好人踩躏,把坏人提升。
> ——但丁:《神曲·地狱篇》第十九歌

1

从黑夜高处
落下的雨
碰到树枝、屋顶
一根巨大的烟囱
敲击着厚重的红瓦
滚落,在幽暗的叶片顶端
加入一支民谣
一座化工厂的嗡嗡合唱

2

雨加入的是
制约与民谣,一只

浑浊的聆听的耳朵
从黑夜的高处
落下：无法遮盖
被禁止的游戏
无法使之含混
使山顶的合唱清晰

3

当一个名词，特别是
雨呵，足以使我怀旧
铃兰香的花朵
在秘密的
铃兰香的地方
圣者。早晨。黑色的
忧郁合唱，轻飐到
我所在的国度

4

机器和铜和钢铁的
腐锈，在雨的早期预谋
和延续的时间中
手的温暖与寒冷
呼扇起，对着雨展开的
三十个早晨，地平线

从深渊与海的
根部升起

5

部落人的仪典:
盛夏光裸的岩石上
手和臂高高举起
一朵朵葵花般
的脸庞
转向太阳,转向
在头顶旋转的
一台巨大的圆形锅炉

6

它高高在上,对着
写字台倾斜
投射它的光芒
平静、舒缓的木纹
紧挨着节奏剧烈的
木纹,山外的山
桌面上的山
光芒与声波还在扩展

7

遥远的古希腊
河岸,圣者海豚
刚刚把阿里翁
救出那条恶水
古老的暗算,刻薄
焕发神采
时刻不忘扼紧
阿里翁美妙的歌喉

8

夏天里套着秋天
这场雨
检验着人类的
迟钝与敏感
一件蓝色或灰色
长裤,网格状衬衫
逼迫夏天就此却步
它们好踏上秋天的国土

9

我们看见的是獾

不是山狸
我们在岩石停留
全靠腿、骨头
混合着食物的血肉
不是什么思想
我们活在夜晚和白昼
处境不是太妙

10

什么正在衰亡?
什么已经诞生?
一个乌托邦的乐园
在哪条路的尽头?
基督啊基督
谁的内心平静?
谁已被恐惧、焦虑捕获?
谁期待着毁灭、拯救?

11

根纠结着
骨头与骨头产生
仇恨。两个臀部合拢
意味着爱情圆满
玉米地潮湿、泥泞

雨刚刚下过
无法野合,难道
亦无法偷情?

12

现在,还没有红枫
等到叶片反转
秋水像性欲
那样蓬勃
鸟的翅膀柔软
蜷曲着,盛夏沉寂
南迁,北方粗壮的女人
走进她们承包的果园

13

我的忧伤的胃
痉挛着,向着黎明
挺进。是什么样的食物
向下,支撑着两条
历经二十八载沧桑的腿
和脚板,压迫着大地
我行走和直立
难道是言语在发动

14

这是一个仪典
先于神话
我的眼睛抚摸着
有缺陷的月亮
她暗示我
可以有所允诺
整个宇宙
是一座非理性王国

15

车辆自由地出入
城镇,也不会有
更多的自由,这些
不戴任何面具的怪物
手转动圆盘,驱使
另一些圆盘奔跑,一条条
弯曲的公路像绷带
缠绕着地球的头颅

16

黄昏笼罩着白色的

司法医院,这个靠近
一条马路,一座火车站
的地方,谁会想到
十一月山中的傍晚
从巨石上跃入
砭骨的水潭里的泳者
是个骗子,小怪物

17

我要不要提到
我失败的爱情
南方和北方的爱情
橘子洲头,你
不肯与我合影
我对你谈起我的遭遇
异乡。戏校。另一位少女
喑哑的口琴

18

"时间会拉开种种帷幕"①
爱还没有开始
就已经结束。谁进入

---

① 引自卢梭《忏悔录》第一部。

时间的空洞
谁就会疑问:往事
在我身上发生过吗?
我们曾经在何时相遇?
我们究竟谈论过什么?

19

拥有的只有现时
严峻和冷酷。盛夏
有太多的阴影
树。房屋,和烟囱
整个夏天遗忘着
困乏,烦躁,很少做梦
眼泪积蓄太久,说不准
能否再度涌出

20

菜地,派出所
在眼前旋转,黄昏来临
让我们点燃湿草
制造驱蚊的浓烟
如果邪恶不像
蚊子那样消散
就让我们燃起浓烟

21

坐在阴郁的午夜
并接近凌晨,起身
我走出沉闷的房屋
停在这场雨中
我突然怀念起
儿时的夜晚
眼睛里倒映的
全是星光

22

死亡你究竟离我们
多远?为什么
伸手摸不到你?
你是物质还是虚无?
遍布心灵或皮肤的
疤痕与纹路
我摸到一颗囊肿
感到一阵心酸

23

喝一杯酒吧

用火柴棒拨开
浮着的烟灰,既然
死亡是真实的
死亡定会来临
将打碎手中的杯盏
或把它留下
仅仅带走我们

24

死亡会把我们分开
我们也无法成为但丁
天堂和地狱
都不存在
活着,死去,重复着
多么单调,它无论如何
不至于使人发疯
既然世界是荒唐的①

25

迷人的民谣
再度响起
"我看到的言语

---

① 语出庞德《一个女郎》。

把新的喜悦
加在他原有的
喜悦之上"①
荷马呵但丁
你们是人类的顾问

26

结束时,我求助于
阅读,音乐,和神曲
一个盛夏落着秋雨的
黎明,是一个句号
是开始就想到的结局
事物,或者言词
一旦落入低谷,这就是
"我歌唱的开端"②

1991年7月31日午夜到8月3日晨

---

①② 但丁《神曲·天堂篇》第八歌。

黄昏向着夜晚伸延

黄昏向着夜晚伸延
就像刚刚过去的白天
摇着阴暗的尾巴,并带着
一个令人厌恶的坏消息

灯还没有亮起
凭着这杆笔的速度
心灵倒向一页白纸倾诉
他看不到随手写下的
这些字句,但已想到
自己在这个世界上的遭际

此刻,没有第二颗心
能与他这颗心比试孤寂
凭着笔触,他在白纸上
一意孤行地朝前挺进
尽管还看不到这首诗歌完成
也不愿让灯即刻亮起

1991 年 8 月 7 日晚

洛阳的司机

洛阳的司机,在我面前停下
他们的东风或者黄河,在出入
登记簿上写下,他们的单位、姓名
以及车号,并且要填好
他们运来的山西明煤,或者炭的
吨数。(这是我们厂保卫科的规矩)
在我面前停下,老老实实地写像是一个仪典。
他们已经习惯于这样
然后重新启动,连着后桥的
传动轴,有时嘎嘎直叫——
轰一脚油门,挂上高挡
汽车嗷嗷叫着冲出厂区,
一会儿就拐上公路上的拱桥

1991年8月18日午后记于班中

LI：日记的作者

两件不相关的事物之间是否存在着对称？
夜色。水银灯。飞蛾还爱着空无一人的
街巷。保险频频起爆的夜晚，
我仍未忘赞美，你那套印着碎花的瓷杯。

在摆满各式钟表的玻璃柜台后边，
你已经站过漫长时光（包括对巴尔扎克
及毛姆崇拜的时光），我们有可能
已被时间利用，但我们无法将时间挽留。

茂盛的无花果树下，你再一次打开
你的日记，上面记载着内心流淌的
衷曲：你痛苦、真实的片刻。
一个诗意型的人，喜爱秋天，散步到日落。

你在日记上写着。而今年的无花果，叶片
比往年圆润、阔大，它薄而墨绿的手掌
不停地将铁栏杆抚摸。令你爱怜的妻。孤独
迢遥的晚景。一切在你眼前，摆动她的细腰。

1991 年 8 月 26 日午夜

静　物

梨。茶杯。空空的
酒瓶，探出一枝玻璃海棠
在深秋的夜晚，在灯光
照亮的木桌上，蓝色的烟灰缸
静立在桌子边缘，流露出
铁罐的冰凉与质感
折断根茎的玻璃海棠还活着
还在把鲜艳的花瓣伸开，它会不会想到
已经是秋天、夜晚？梨秘密地
将一部分糖和雨水贮藏
它们的无言与微黄
簇拥着白色、中空的瓷瓶

1991 年 10 月 2 日午夜

午 夜

放下纸和笔,穿上外衣
去吃一点抵挡饥寒的东西
现在是午夜,也可以说是
临近凌晨三点
在这个时刻,还有夜餐
还有面条没有被上夜班的
工人买光,尽管面条
是老传统了,尽管我和他们一直抱怨
我们还要喝上二两
抵挡一阵夜间的饥寒

1991 年 10 月 7 日午夜

爱之变奏

1

"将设计一次告别,"那个词说,
"并将延伸到新世纪的黎明。"
但他流露出独居者醉醺醺的腔调,
"扑向昏黄路灯的,是多余的酒精。"

"这个抽劣质烟的家伙。头,
"险些撞上检察院和县委的铁门,
"一道小街,一盏暖洋洋的灯,
"在风的飞行中躺着,作为它们的

"邻居——漂泊的独居者,
"他心里也痛恨、厌恶。"词又说:
"言行不一,作为理想的杯中物,
"他更厌恶清醒后的过错。"

2

"将一直是这样:爱总是无法苟合,
"交谈的差错,引开了一次次。

"充满希望的吻合:需要爱吗?
"别理智,别涉及危害到暧昧的

"生存,——梦告诫我们,
"梦要我们牢记懵懂与激情——
"她希望在打开自己时,
"嗅不到酒精、故弄的言语和衣服上的灰尘。"

"她刚刚买到一件皮裤,你的赞美,
"(尽管言不由衷),但已赢得
"她的默许,但不是任何言语的
"铺垫,你的失误在于错过了赞美的时机。"

3

"此刻,她睡得安稳,而你
"却在几里外的地方醒着,一遍遍地
"询问:今晚该喝多少?
"有不有为预备的失意表示庆祝?"

"抽劣质烟的家伙!大丈夫!
"该想想为什么无力将妻儿养活?
"为什么当言语不通时,
"献身就跟着缺少?"

"为什么告别一直是期待、延误?

"为什么不想想另一种献身,
"并使其成为他人获释的可能?
"为什么,当你苦恼地离开时,她反倒睡得安稳?"

4

"呵,咱们是不是暂时不谈论花朵?
"让花园、花盆和迎风的阳台闲着,
"让农村来的花生风干,让我们羞于
"在邻居面前晾晒内衣和内裤。"

"我们一辈子将是老实人。
"不坑害谁却保持
"话不投机的机关;这样,夫妻
"意味着水和暖瓶相见。"

"呵,别对我谈起今晚,
"别对我谈起谁来我们各自的
"枕边:让花园、花盆和迎风的阳台闲着,
"让花朵沉睡在经冬的夜晚。"

1992 年 11 月 19 日午夜

巴洛克少女

书页上的硬币,一枚
落叶般斑斓的小钱,在读者
和少女的素手中传递:细菌,小贩的
叫喊,她的乳房,她的鼻梁上的
眼镜,——她瘦小的身姿在渐起的
秋风中!

精心装扮,询问柿子的价钱,
只是为了将她长久映入瞳孔。
哦,三次!她出现在同一个梦境。
每次,都是恬静的脸,架在鼻梁上的眼镜,
挺立在瘦小身姿上的硕大乳房。
暗示它更懂得爱情

巴洛克少女!女人!斜挎皮革包的
女学生(有着短促的妙龄,经过
手的蹂躏),仿佛一朵花
衔在狮子口中,而狮子已经转身。
唉,我们是如此热爱无言相遇,
波德莱尔有过类似的钟情。

1992年9月30日

无　题

我不会那么快就抵达死亡
在死亡命定的期限，
我还要忍耐，还要把罪受够，
因为我的头发还不够长，
还没有披在俄耳甫斯的肩上。

收税的女人颇感惊讶：
"怎么？你要收起你的摊档……"

墙上只有十几只小夹子在晃荡，
挂历取走，暴露了书架的空格。

1992 年

我坐着,在我的书店里

我坐着,在我的书店里,
想用一个钟点,飞驰的凝滞不动的
时间,将我的孤单写完。

白天的喧嚣,注定
要延续夜晚——再过三个钟点,
路灯将不再感到不安。

呵,相同的
孤单与不安,来自同一个地点,
但没有篝火将它们点燃。

我坐着,在我的书店里,
夜晚不会缺少口琴
吹奏的内涵:孤单对着孤单。

1992 年 11 月 28 日晚

写给谢妮

作为我们,
一首诗脆弱、孤单,
这就是为什么,想到你,
我们遗忘了的爱情——
教训我,倾向散文。

一部小说,诗
在它面前退却,正如
我对你的退却,一次次的
教训,换上理智的
面孔。

怎么还能谈起沟通?
一切全靠你啦,
只要换一副表情,
换一副真实的心境,
我就会卸下所有的装束。

1992 年 11 月 28 日晚

写　作

我知道什么都不可能留住
包括文学，令我激动的
写作——这么多年了，
我挽救过什么？什么
像我的内心那样
至今保留？
——呵，没有，
一个诗人不会阻止
生活的进程，尽管
他有好的愿望、恪守传统
又反对传统的革命性。

1992 年 12 月 22 日夜

封　闭

我将学会封闭自己
对旧事的封闭，
对以往遭际
与情感的封闭——
我知道任何人
都不容易做到
——可我必须得这样
因为怀旧，妨碍
一个人的继续

1992 年

酒

酒在加重我的心跳
我爱酒,可我不爱
我的心跳:不爱
郁闷的音乐的欢快。

我是有人
叫我父亲的人
有儿子——结过婚
可我并不真的厌恶家庭。

1992年12月22日夜

平 凡

多么平凡的一天！云
站在田野的对面
像玫瑰与夏季言欢

1992 年

风

仿佛已被抽空,
仿佛伫立空荡荡的街头,
他聆听着足下的风,
风,缓慢地放开的喉咙——
呵,山林:曾经涉足的沟壑,
风,就从那里
扑向熟睡的县城。
仿佛千指幽灵,
在混浊的时刻,拨响
路灯映红的梧桐,
谁,准备着,从今晚
开始的冷冬?
谁,在唤醒:
哗啦啦作响的梧桐?

1992 年 11 月 7 日午夜

风息的片刻

沉睡,沉睡
将一个词留着,将梦
和自由,推向
最低的担忧。风
仅仅是路过,但已经使
有的人发抖(缩进厚厚的毛衣和被褥)
有的人惊愕——
面对着风衣高耸到面部的
收缩,纹丝不动的建筑,
月下清冷的柏油街道,
风已感到困倦。
但有个请求,它想留给:
进入零下的床上的每一个。

1992年11月9日午夜

黄　昏

> 艺术使思想家心情沉重。
> ——尼采

是白昼和不安全引导，
在促使我们相遇——
硕大的落叶已将眼睛遮住，
甚至泪水，也不能长久地
喷涌，不能惊动
来临的一个夜晚的静谧。
延误得太久了！
头顶的星光，正驱赶着
盲目的白昼。
或许根本就没有内心的冬季，
或许秋天的完美，仅限于黄昏，
——我们例行的亲吻。

1992 年 11 月 13 日

他:低语①

1

记忆重叠的面孔贴在小城
阴沉的早晨;店门敞开,
骑自行车的读者像书籍那样沉默。

没有问候对他发出。当无线广播
敞开喇叭花般的喉咙,时代
将他拖到中午。

他是个陷入困境的人。
在沉思,犹豫,随手翻阅
中,遇到生存这个问题。

2

也许生存得还不够。
他的音调和谈话,很容易
被误认为:求救。

---

① 又名"与勃拉姆斯对称"。

他体验着这个秋天与往昔秋天的不同。
他的梦,掠过枫叶的念头;
记忆,无疑又增添新的内容。

那些与他交臂而过的爱情,
与他有关的交谈与逗留,很多朋友,
在暗淡的生活中隐去了面孔。

3

还要多久!他仿佛在等待
某个希望的无限度拉长,
像儿时玩的玻璃弹球,

在狭小的区域间滚动,在三条大街
组成的"工"字形的城中,
他的身世与籍贯得以印证。

告别课桌,他拿起扳手;
告别扳手,他制造公文;
一切,在鼻炎引发的头痛中进行。

4

彻夜聆听鼓风机的
轰鸣,在雪渍中洗净指缝间

的煤屑，碳氨灰白色的湿粉，

洗净青春和思想中的呻吟，
啊，可能会一再重复的呻吟，
一个爱幻想的人，怎么成为现实中的人？

他依旧喜欢这几件事物，比如
音乐，写作，好的书籍和下雨，
他失去了爱和青春（这同等重要的东西）。

5

"她向往老克里米亚森林，"他写道，
"但没有避风的地方……"
"德鲁宁娜，哈米德，我们遇到了

同一道难题……"
"每次下雨，都是对灵魂
的一次洗礼，尘埃

甘愿化作泥泞。"
"雨呵，我的死亡与再生，"
"雨天的歌声病得很重。"

6

他不具备强劲的喉咙，

但留下了高低床上吹奏的口琴，
那些哀婉的变调，

带来了今天的孤寂。
他将自己设计成卢梭，一部
《忏悔录》，深深毒害过他。

不懂得混沌与无序，但他理解
蝴蝶效应，一条鱼的行进，
月光悄然潜入的大地上的湍流。

7

已经不存在古典的素朴。
巴洛克是一场美丽的幻梦。
它推进着，人类的加速。

不像其他的动机，他从《道德经》中
抬头，周围是阴阳宅的面孔，
爻象，一枚古币的初衷，性。

"整整一个白天。"他思索着
语言的坡度，秋天难以触及的
深处，"永远积着雪"①

---

① 引自托马斯·曼《魔山》。

8

没有一支歌唱给八月听,
没有一支歌,献给雨,女人,
苹果在果园中省略。

"它像逗点,冒号,惊叹,"
(他在车窗后边写道)
"没有声音的雷鸣。"

一把刀削着他的灵魂,像削果皮,
他想到越来越少的读者,说
"我这本书他们从没有翻开。"

9

关于写作,他想得不多,
当人们沉沉睡去,他希望成为
街灯下的清洁工,梳理

白天留下的尘埃与垃圾。
一杆笔就是一把扫帚,
不像思想那样尖刻。

无数的遗忘过程,

足以将痛楚抵销,
人还很虚弱……

10

难以言状的记忆牵引着他。
他爱:泥土下的根,这
另一种闪电,不与天空苟同。

他有两个愿望,一颗
护花的心,寂静的秋夜里,
他听见沉睡的泥土在呼吸。

呵,蓝的,红色的根!
伐木者在高过白昼的云端,
不停地拉锯。

11

深入另一座城市的雨中,
羚羊和长颈鹿化作石头,
点缀着闹市区的进口草坪。

一个活生生的人靠着
它们冰凉的身躯,他看见:
口香糖增加了园丁的食欲;

一个散文家苦闷；
他写过哀榆，几篇得过奖的公文，
他的思绪往返在市区到县城的长途车里。

12

守着一杯酒，黯淡的灯，
他撒出清明的词根。
他想，命定的夜晚，我的夜晚，

就是深深陷入光明的暗影。
浪漫曲会哼出喑哑的
花的青春，拒绝

无端的车喇叭和喊声，拒绝
落叶对秋天象征，拒绝
将一杯酒轻易献祭。

13

重大的事件进入生活：吃，
房子，和衣服；
云朵等着标出价格。

主妇手中的一把韭菜，

热腾腾的生活辞典中,不需要
心灵,不需要

敏感的神经,梦,激情。
他们活在良好的感觉中。
而他活在词语的内部。

14

呵,疲惫,在一个黯淡的
时刻,黑得不能再黑,
一块发光的煤填入炉中。

黑得不能再黑,他在空荡荡的
午夜游行,抗议
拖长他身影的路灯。

(从栅栏溜出来的灯)
呵,黑得不能再黑,
醉鬼摇晃着将自己诅咒。

1992 年秋

今晚,很平静

今晚,很平静,
明亮的桌旁,我随手翻阅。
风早已平息了,尽管
她仍别别扭扭地待在
别人家里,像一颗颗
暧昧的铅字从面前闪过。
今晚,很平静,我颇感意外地
没有喝酒,没有用呆滞的目光
紧紧盯着某个看不见的地方。
呵,有时候就该这样,
每天都向今晚学习。
一个人围着火炉,手里
捧着一册诗歌,音乐
回旋在空荡荡的房间。

1992 年 12 月 15 日夜

雾

我要留住这雾,这十二月的
遭际:感到窒息的房舍、星宿,
和残存的花瓣的回忆。
月亮还在犹豫,月亮
只能等待:雾散去,
从森子窗前的梅树上散步。
梅花酝酿着,此刻,它的花苞。
蒙着温暖的水汽,在森子窗前,
它盛开的每一朵,盛开的
每天清晨,将成为
从未有过的惊喜:这就是
诗人与一朵梅花的相遇。
雾还没有散去,
我要留住这雾,因为在雾中,
我看到的那么清晰。

1992 年 12 月 19 日午夜

吕拉琴歌

我渴望的仅是短短的一行,
为了报答桌椅,
忠实的无言者的陪伴:
这简洁的名称,
这终于跃上纸端的容颜。

像梵高为心爱的椅子画像,
我也要写上我的邀请,
和更改的主人的姓名:
为了短短的一行,
为了不知疲倦的灯和桌椅。

1992 年 11 月 4 日午夜

自选书店

枝端的花冠说:
"我有一副苦闷的长相"
混合了内心的生活
啊,面孔!

是裸露,也是隐藏。
整齐的屋檐将树切剩一半。
一家药铺昏暗的月光,
读遍街上掠过的透明女人。

"《365夜》最适合童年。"
《疑难杂症》滑进中年人的眼帘。
人人爱慕手拿《简·爱》的少女。
谁,比得上我的短命?

唉,惨淡!一截小街
和精神的一隅,像是
非物质的光影。在这里
我度过了散发丸子味的白天

1992年9月10日午后

歌　唱

现在，歌唱就是痛苦，
就是把爱转为敏锐的抽象，
洒在窗户和阳台上的阳光；
穿过枝叶的风，它们摇晃的心脏，
坚定正在老去的春光。

雨天的皮肤和雨天
多么干燥；书页与枝叶
在短逝的安谧中哗哗翻动：
为了让心安宁，让月光
在两片黯淡的睫毛下悄悄闭上。

温习相识与不欢的聚散，
灰尘蒙上暧昧的眼睛、一盏盏
风中摇晃的街灯，
最后我们一个个抽身离去，却又置身
陌生的故乡。

1993年5月3日晚于海因家

听《基日中尉组曲》

爱是黑的。晕眩的
花朵,扑倒在灯的门户
但爱是黑的,它忧郁
它在普罗科菲耶夫手中想夺取
想把爱与粉红连结并确定
呵,不能够
欢快的三套马车说
它的主人说
主人的未来也说
因此,当你感到
爱是黑的,诞生与死亡
也是这种颜色

1993年10月2日晚

灯

夜游者经过九月时,遇见
一盏少女般的灯。
他同她交谈。为她的美貌、独立
所指引,并帮助她
收拾肮脏的碗筷和桌椅;
他的活跃、殷勤令他同伴震惊。
后来,灯暂时熄灭了,灯有点不高兴。

从居住的地方,不太远,
他总能看见她——灯。
他几乎每天给她写一张纸条,
开始期待和不安。
"瞧,多美的灯,多明亮!"
——他对同伴说。

直到进入十月。他发现
所谓少女般的灯,原是酒后的幻觉。
怪不得星星的老板总忘记
在一碗碗面条里,
放上几块白的或油炸豆腐。

1993 年 10 月 8 日晚

此刻,夜已经深了

此刻,夜已经深了。
匍匐的豆荚也嗅到化肥的味道。
火车的笛声在不远的近旁,
它离去的屋舍,星星的屋舍,
黑暗中的焦枝线,
连接着上帝的耳朵。
空荡荡的房间般的耳朵
容纳着:此刻,
豆荚的感染,火车
和汽笛的速度,
焦枝线越过的我的和更多的
童年——
这一切,不求得
上帝——能看到。
如果它有耳朵,
它就有偌大的房间,
足以珍藏各种气味、声音
好的和坏的。

1993 年 10 月 9 日晚

我刚刚走过的一截

我刚刚走过的一截
是河滩,还是路?
在此之前,我明明走进了河里,
看见了桥,并经过
灯火通明的加油站。
我退回来。我跟庞大的卡车
客气地谦让,当然,
它有两盏恐龙般的眼睛,
所以它先通过。
这样,我离开公路,
离河越来越远,
没看到水,也没感到饥渴,
却深深陷入一座村庄外围
土路上铺的沙里。

1993年10月11日晚中庄

随时等待

随时等待坏消息
随时等待灯熄灭,耳失聪
鼻子嗅不出味道
你——美妇人随时等待
烛光和床和恩爱随时等待
公寓的深秋隐居在成排的树里
孩子,孩子,你一个人的儿童
守着空房子的午夜
睡眠将你的思念与不安
收进堆满玩具的抽屉里
今晚与往事随时等待
日光灯与旧信在水泥地板上铺开
"我爱你!我爱你!"随时等待
星光,足音,陡峭的楼梯

1993 年 10 月 21 日午夜

哭

鸟啊,鸟啊,鸟
我为什么不是你

1993 年 10 月 25 日

自 杀

> 就是消灭自己
> ——手记

我只不过拖延了这一天

我要到户外去
找棵临水的弯着腰的树
找一片山林像牧场那样静谧的山坡

我不愿在床上
不愿在一所房子里

一瓶安眠药足够
一根绳子,或者一把刀
我只不过拖延了这一天

我不想让人惊惧

1993 年 10 月 25 日

信：不寄

一

经过玻璃（玻璃！）
桌面接受了阳光
经过爱，经过床，经过了你
我却空空荡荡

影集你可以拿走
钥匙你可以收藏
儿子的户口——你可以随你
移到我心痛的地方

这一切，儿子在户外
我想带他去见识山与红枫
我却对他说——
"它今天也过星期。"

1993 年 10 月 24 日中午

二

在你熟悉的空荡荡的家里

我坐过了整整一个白天

(落日正偏移降温的窗户玻璃)

儿子的小脸庞,多令人爱怜!
他行进在放学路上

(落日的小斑点在他背后的小书包上跳荡)

呵,你在另一个小城里
会不会也在想

(落日的脸像你一样红晕)

我们之间只有三个小时的距离
可心离心又有多远呢

1993 年 10 月 26 日下午

三

没人想的人想你
他走在一条路上,黑夜
将他和路吞没
并且,被秋风吹着

没人想的人想你
也想儿子
他离你和儿子到底多远
他不知道,他只是
不敢听人哭、听人惊叫

没人想的人想你
他怀里揣着酒,他给你写信
但无法邮寄——而秋风吹着他
仿佛他不是它以前吹过
的同一个人

1993 年 10 月 28 日晚

艾米莉·狄金森

今天,我迷上了艾米莉·狄金森
一个美国姑娘,艾默斯特镇
的"修女",她已经死了多年
但今天她来拜访

我们在她的诗中约会
眉目传情,两颗不同时空的心
像琴弦那样跳荡、拨动
我爱上了她,尽管

她死的那年五十六岁
现在又是我的远房亲戚
我曾见过她几面,当时
我比现在年轻,正爱着别人

她的几束花,玫瑰
盛开在我合拢的手掌
娇艳,像一百多年前一样
年轻、芳香,并且

轻盈地转身、跳跃
她一个简洁、生动的笑

或者嘹亮的忧郁
总是将痛苦和废话省略

哦，迷人的狄金森
我明白，爱你的不只我一个
但只有我会时常去看您
——我的老祖母

1993年10月29日

附：
我读狄金森（随笔）

　　读读狄金森，就会发现我们写作的诗歌废话太多，太繁复。狄金森是简洁、嘹亮、纯净的，跳跃十分轻盈。她很会写诗。当然，呈现在我们面前的她的诗作，它的简朴与杰出，也绝不是轻而易举。如果赞同瓦雷里关于"纯诗"的理论，那么狄金森的诗歌即是榜样。
　　请读：

　　　　要造就一片草原……

　　　　要造就一片草原，只需一株苜蓿一只蜂，
　　　　一株苜蓿，一只蜂，

>再加上白日梦。
>
>有白日梦也就够了,
>
>如果找不到蜂。

这首诗我不知道别人读后怎么想。这短短的五行我读完,我是,被震撼了,强烈,神清气爽,并且哑口无言。但心灵、肉体与神经是愉悦的,我已经听到它们一致欢呼与赞叹,同时,也看见自己脸上的笑容像好心情一样舒展。

一株苜蓿,一只蜂,一个白日梦——它们相遇了,就可组成草原。这种神奇、虚幻与可能,就是白日梦,就是人类精神的底蕴、理想和本能。而虚幻、不可知、梦,也正是我们(人类)回家的绿卡与途径。

因此,"有白日梦也就够了,/如果找不到蜂"。

这一转身,这跳跃,这点化,多自然、多轻盈,多么绝妙呵。

没有蜂或者说找不到蜂,这算不了什么,但不能没有诗人(即不能没有白日梦)①,他们是这个世界的灵魂(当今人类的支撑,全靠它了)。

正像狄金森的诉说:有白日梦就会有蜂,(甚至有别的)。

这是灵魂诉诸灵魂。

1993年10月29日,河南鲁山

---

① 关于诗人与白日梦,可见弗洛伊德有关论述。

月　光

请相信，阳台
他顺着月光跳下去
会死，但不会将月光搅碎

哦，亮闪闪的电线杆
离阳台足足有二米！想象中一跃
这只硕大的人形黑鸟，同时

一只娇小的可怜的蝴蝶
惊醒并哭泣，在不远的
公路旁，一块块灰色石棉瓦下

他跳，躲着月光
从毗邻的两个阳台
溜回油漆着烛光的房子里

1993 年 10 月 31 日—11 月 1 日

父与子

你给他的爱太少,或者没有
他就会向你要求:"抱抱我",
"坐在我身边"
"拍我睡觉"
因此,为了不听到
这些近于乞讨的话语,
为不感到心痛和愧疚
你就要阻止这些话诞生
怎么阻止?啊,是这样:
每次相见,就张开双臂
抱他,逗他说笑——
带他散步或游戏,然后
坐到床边,护卫他进入梦乡
变作天使的模样

1993 年 11 月 4 日晚

题儿子的一幅粉笔画

孩子,今晚你在水泥地板上
用白色的粉笔,画了一枚月亮
一颗又大又亮的星
旁边画了一座高高的瓦房
烟囱冒着烟,并排的
两扇窗户,你圈上几个小圆点
像是亮着的灯,但你画门的时候
为什么让门闭着,门前的小路
长而弯曲?现在,你已经睡了
我盯着你的画,想起两个小时前
你蹲在地板上,边画,边自言自语
"有个小孩迷路了,他找不到家"

1993 年 11 月 11 日夜

今 天

今天,意味着
有朵菊花开了,白的,探出雄蕊
串串红,这些生锈的小铃
已被秋风吹响
鸡冠花有着紫红的心
好斗,立于不败之地
今天,意味着
最后一片枫叶告别枝头
它停在树的顶端默想
火红的年代,火红……
而山峰与山谷:这座
美丽的陵墓,还在耐心等着
哦,今天!石头
白色的岩体,仍不移动

1993 年 11 月 5 日

无 题

不幸的不是我，儿子
是你——
没有家，没有别的孩子
享有的温暖与欢乐
你小小的年纪就经受
不该有的磨难
呵，不！是苦难
因此，我和她
都不配，都不敢说：
"我们"爱你……

你没有家了，孩子
龙吟也曾为你哭泣

1993 年 11 月 15 日晚

这个冬天提前来了①

这个冬天提前来了
雪,像小林一茶临终所言的雪
难道真的来自净土?
我等待着,仍未离开
应离开的地方。比如今晚
我期待着有人敲门
只要不是债主,我都会很高兴
招待:沏杯热茶,
用干净的布抹去椅子上的灰尘
然而,没有人来(哪怕是
债主)屋里,灯一直暗着
我抽着劣质烟坐着发呆
这时,听见雪来了
像小林一茶临终所言的雪
正将枯叶和菊花轻轻包裹

1993年11月17日夜

---

① 又名"雪"。

雪（信，第10封）

雪也到了许昌吧
我没看报，电视又坏了
我刚刚去看过孩子
在下洼，他已经睡了
那么低的地方
雪也能飘到
你呢，睡了还是醒着
遇见雪了吧
它是否已对你提醒
呵，即使什么也没想
一定有你的理由
还是谈谈孩子吧
他不错，比我坚强
并且，喜欢雪

1993 年 11 月 19 日夜

十一月二十一日晚

雪化的时候

我哭了,——你不知所措

用手帕替我擦泪:

当时,我给你讲梵高、贝克凯尔

我讲着,哭着

——你不停地替我擦泪……

我喝多了,孩子

不该给你讲这些

1993年11月22日夜写《布莱克》后

里尔克

你将你自己全部献出了
毫无保留——
我用井水洗净我这双手
才敢写下这回报的诗行
呵,是井水,里尔克
我将不断地向你汲取
你这眼井呵,那么深
在所有行进着的生命与万物中
扎下了根,源泉连着星空
你是最大、最亮的那颗星
你这眼井,比所有的井更深、更宽阔
在天与地之间纵横

1993 年 11 月 14 日午夜

音乐课[1]
——给儿子

整个室内充满旋律,亲爱的
这是第一课。不用强调
不单单是学会,并掌握弹奏的技巧
爱,给人温暖,没有技巧可言
跟着这种旋律,孩子。跟着
音乐,这美妙的声音
不是吉他发出的。不是
爸爸在弹奏,亲爱的
是山顶那棵老树在弹爸爸
通过爸爸的手跟你说话
宝贝儿,爸爸爱你
那棵树也爱

1993年11月26日午夜

---

[1] 《音乐课》为美国乡土主义画家本顿的名作。

非理性
——献给史蒂文斯

疯狂多好啊,关于疯狂
哪怕终生沉溺于:爱、舞蹈
不是布莱克的那病玫瑰的诗中
哲学找病根,航天飞机
也基于这种病:只是有点急躁了
——疯狂得过分。你看看雪
看看雨,风和花草:
不是因为夏天
它们才疯长,花开得热烈美好
而是夏天是某个时刻,大家
都不知道,夏天的感觉
和冲动,说来就来了——
这就是疯狂,疯狂多好啊……

1993年11月24日午夜

拜 访

你好,史蒂文斯老人!
你一直在等我,不是为这句
感激的问候;你的"家"
好难找呵,我得翻那么多
的书,有的不得不放弃,怀着
痛楚,才能将你找到
你居住得太高,并用词的
神秘设置那么多玄妙,甚至
将一只坛子摆在田纳西的山顶
让人猜测,而你
就在那只坛子里……

1993年11月24日午夜写《明信片》后

告　别

以这个早晨
代表其他的时辰，所有离开的
只要不是花草、石缝间的树木
那些自然和雨，绿又用叶子言说
所有离开的，即是告别
即是不再回访，不再，爱……
因此，祈求是没用的
可以想，可以悔恨，可以让眼泪
一次又一次地流
像早晨和夜晚的提醒
但告别的不仅仅是时光
是我们，我们……

1993 年 11 月 25 日晨草就

火车站的鲁阳饭店

离天亮还有多远,你和我一样。
都不知道,你说你下午睡觉。
我问:"邮车一晚上经过几次?"
你说:"总是在这个时刻,总是见它。"
你知道它装着什么吗?
——这是随想,我没说出。
你像是认出了我,你说:
"你上夜班了,还是接人?"
"不,不接人,夜班……"
我回话有点迟疑。
我指着门外背着包裹、
反向走过的人:
"他们包里装的是丝绵还是衣服?"
你说:"木耳不行了,是皮木。"

1993年11月26日凌晨记

月尾之夜

月尾之夜
我点上蜡烛将它
放在地板的角落
为了使烛光不跃上窗帘；偶尔
从旁边走过，墙上
顿时有个巨大的投影缩手缩脚地晃动
连邻居也不知道，我就在"家"里
围着火炉，等他们睡去
然后，才能将日光灯拉亮
拿起钢笔，或一本书

1993 年 11 月 30 日晚

巴别塔

耶和华毁掉了
巴别塔
但我们还是想见见它
它使人语言不通
相互猜忌、杀戮
无非是
他们真有原罪
得洗去——
其实,巴别塔
一直在重建
这些不是俘虏和奴隶
是一些善良的工匠
建筑材料取自心灵
他们是真正的艺术家
用的是:诗歌,音乐,和绘画

1993年11月20日午夜草就

梵　高

> 我听见梵高说：我并不完善，尽管努力了。
> ——题记

我从你的画中
感到的不仅仅是火
也有寒冷
博里纳日的冬天
苦艾酒和劣质烟草
的味道，呵，对了
还有永远失意的城市
与爱情以及纽思南那段
我不要蓝蝴蝶花的蓝
不要你那只献出的耳朵
它应该待在完整的地方
抽烟斗的人
我不想看到
你也不想看到
矿工归来，哀伤也是寒冷
你喜欢夕阳和播种者收获
开花的果园，但这些喜欢
是提醒：大家都错了，梵高

你是火,像向日葵,向往太阳

1993 年 11 月 20 日午夜

雪（组诗）

1

雪落在田野，少女般恬静
美和圣洁合二为一。再不要别的形容

落在城市呢，落在
街道、阳台、高高的楼顶；
人们说："嚄，下雪了！"

然后，用自行车、汽车给它印花纹。

街道上的雪说："没想到我这么短命。"
阳台上的雪说："我恰好落进几只花盆。"
楼顶的雪说："只有我将城市占领……"

田野上的雪：一声不吭。

2

雪问菊花：
"我听见你在哭，连续两个夜晚……"

菊低着头,说:

"酒喝多了,您别介意……"

菊蹲在炉旁温酒。

雪又问:"你感到寒冷?"

"呵,是的,冷……真想成为梅花,"

菊呷了口酒,眼里涌出水晶。

"怎么又流泪了,也许我不该来……"

雪有些担心。

"呵,不。我这是感动:

一半为您,一半为别的。"

3

风在雪的身后。

雪说:"我知道,你一直跟着。"

风不言语,风走走停停,

它捂着自己的耳朵和嘴;

大声咳嗽——

雪笑了,雪说:

"埃俄罗斯①,什么时候学会了谨慎?"

1993 年 11 月 18 日—20 日

---

① 埃俄罗斯为希腊神话中的风神。

准备，或残雪

I

我准备着：我生日那道门坎，快了，快了，我已感觉到。
绝对是门，天庭的门，还是泥土味芳香的门？
我还没有看到。我预想也不能。因为，
那个时刻是而立的、转机的时刻？
我是上升，还是跨过？冬天还很漫长，但我喜欢
冬天的时空。它的雪，它刻意将梅花关照，雪带来的
许多童话，麦苗的梦，安徒生的心灵，我的绝对
也会冷冻的痛楚。但是新的，热情与爱
难道真的需要沉睡片刻，然后苏醒，也靠冬天帮助？
我准备着，但这次：我的直觉不太牢靠。
但有一点，我还明白：要么像梅花那样，不管
什么门槛与天庭；要么像一株光裸的树倒向风雪。

1993年11月25日深夜草就

II

星，月亮，房顶的残雪：这么亮，这么白，这么
安谧，背景是清凉的蓝色，怎么会有不祥呢？

没有那种腐朽的气息,这空间的它们
没打算调成黑色。乌鸦?房顶飞檐的阴影?
是你吗?黑色?你在阴影的内部藏着?
或者,躲在我此刻握着的钢笔中?
你的意思是:通过笔尖和墨水,在光洁的白纸上
将一颗脆弱的心灵攫住?不等梦醒?
你想表明的是:你看,他害怕了,
忙着倾吐,但他还从未见过我的真面目?
我呀,专门爱捉弄蔑视我的家伙,
我甚至不是黑色——

1993 年 11 月 25 日深夜草就

Ⅲ

但我准备着,准备:看见你在残雪上舞蹈。
冬天,甚至月亮,也无法将我援救——
我的生日那道门坎,快了,快了,已隐隐约约看到,
绝对是门,天庭的门,还是人们常说的三十岁的门?
童话多好啊,雪多好啊,还有孩子们的
安徒生:爱、热情,只要沉睡片刻都会或为新的。
哪个时刻是新的转机的时刻?哪个?
但我准备着,准备:背景是蓝色与黑的……
"混合吗?混合。""到此为止吗?""不,是回旋……"
"难道还不肯放过?""还没到时候……"
"雪已经够残了……"

"不,我还不知道疲倦"

1993年11月25日午夜完稿

石人山的冬天

石人山现在只剩下老范
导游小姐和旅店老板们
第一场雪到来之前,就回到了城里
花岗岩山门无人把守,石头狮子
披着雪花冬眠;因为不会做梦
它们见不到祖先——
白色或青色的大理石联合
也挡不住,将它们覆盖的雪
崭新的楼台亭阁,无人凭栏、远眺
林木开着白花,瀑布像是银制的门帘
冰潭下边的鱼,石缝里睡着了
梦里还在游呢……
呵,从春天热闹到秋天
只有这个时刻:冬天,完整地
属于老范。他一直是他本人
不是什么半仙,身上的道袍
与道帽,是政府给的
他爱山;从儿时到老年,离不开
一朵朵繁殖的盛开的雪莲
就是周围的雪山
而他,是其中唯一的莲蕊

1993 年 12 月 1 日凌晨

思 念

我伏在桌旁用着夜餐，
用着你曾经用过的饭盒；
现在你走了，
你把一切都留给了我：
儿子，痛苦，还有这只饭盒，
而你到了哪里？

1993 年 12 月 4 日午夜记

橘　子

橘子将一片叶子也带来了
像拖着，一条飘逸的绿尾巴
凸现着纤细的花纹、经络
它是活的，在书桌的一沓白纸上
投下淡淡的阴影
粗糙、闪亮的黄，是自然
这位无形的风景大师
抹上的，笔触饱满、辉煌
刀子也洗不掉；它的真实与甜蜜
塞尚画不出来，我伸手摸摸它
有点凉，凉在我握它的掌心

1993年12月7日午后

对三只橙子的爱情
——给儿子

普罗科菲耶夫的橙子
三只橙子,在一段音乐中跳着
跳着,前进着,我看见了
普罗科菲耶夫说
"但王子,你得爱它……"
王子与小丑前进着,似乎
肩头扛着什么,寻找幸福或笑
普罗科菲耶夫的橙子
三只橙子,在一段音乐中跳着
前进着,我儿子像我一样
爱上了它,他说
"放吧爸爸,放三只橙子的爱情"

1993年12月7日—8日午后

三十岁

> 我是一只正在变老的鸟。
> ——题记

今天三十岁?我有点不信
从出生,到现在
我走走停停,更多是在
原地飞翔——掠过不少的
夜,白天,还在飞掠
镜子里的额头不光洁了,今天
又有几根头发脱落,像羽毛
我不明白我胸腔里的这颗心
为什么还在跳,
还在牵挂和隐痛
如果它真像是桃子的模样
我会掏出来,请所有人
都尝尝——我还在飞翔
蓝天与湖泊,倒映过我的身影
我是一只正在变老的鸟

1993年12月10日

诞生诗歌的桌子与房间

"短刀"伤心,"长刀"砍向某人……
——题记:套用海因诗句

1

诞生诗歌的桌子与房间
也"诞生"垃圾,"诞生"
类似波德莱尔"恶之花"那种东西,
有毒,残酷,又有点甜蜜蜜
这就是所谓原始状态,某种开始,与新
像雪,有着冷与美
每一片的每一句,直飘向人心,
像刀——
有人称:"这叫快刀加空刀……"

2

但这次不是真的,我也玩玩?
难道操刀者操的不也是心?
他不惜在一颗憔悴的心灵中踱来踱去

又急躁,又耐心,等着
他置身其中的心死去……
他说:"破得越彻底越好,别再演戏,"
"除了某个字,什么是真?"
但他们仍然怀疑,吃不准
又操起刀,讲起预言
"我这是快刀加空刀……"

3

暂不提"快刀"与"空刀"
垃圾——我房间和桌子上就有
不用到外面去找,当然
外面更多:比如公路上跑的汽车
像某个居心不良的人,在我
诞生诗歌的房间走来走去,
它不断冲着我的心——
我的正在康复的心——
摁动刺耳的嘴巴鸣叫。
给我讲人,讲他自己,说"写诗
应该像吃喝拉撒一样,很正常"。
有一阵实在想溜(面对一个
病入膏肓的人,他能不怕?)
但他洒脱地说:"我去撒泡尿!"

4

结果是:一首"长诗"已经露头,因为
诞生诗歌的桌子和房间
也"诞生"垃圾。"诞生":空酒瓶;
沾满烟灰的又红又黄的橘子皮;
两角五分一盒的"许昌"烟包装;
干瘪的有无数粒碘盐的花生米袋子;
与相对的一堆废纸团
——像两座小山
埋葬了一些痛楚,眼泪,恩爱的拥抱
与吻……
几本坏的书籍(但不是参照物)
烧过的煤球;痰迹;洗衣机里
塞满的脏衣服;以及尘封的……
应该将它们清理出去——

5

一个爱心灵的人
竟会出卖自己的心灵,
——对他自己来讲:也不能允许!
当然,我也从"快刀加空刀"那里
学会了冷酷与无情——决不宽容
因此,这一节"诗"题献给他

这一节略微有点不"破"

另外,"同志加兄弟"的援助也准备还他

他是谁呢?

是一位"从四楼跳到三楼的人"

"带着流行歌曲的伤痕……"

6

我信奉的是冯蝶主义

他放学路上,喊的:一、二、一

响亮啊,真崇高

但落下来了,落得那么低

咳嗽宗教——

举手发言的哲学——

教室里,白天的灯明亮——

天鹅般年轻的女教师讲着鲁山普通话

对一群小天鹅说:永远纯洁、心灵美……

不像有的人:"现在,吹牛就是反崇高……"

我有一颗向善向爱的心,你怎么能说

这属于传统?传统能包括心灵?

甚至文化?

心灵就是心灵——它是基本的人性。

7

"北京电视台问你早安!"

——早晨7点的收音机说。

"我是谁,我想要什么……"
——歌。一个女子在荧屏里沉浮,满脸水珠

"安乐配种站在墙后拐角"
——通往洛阳的公路旁写着

"专治痔疮、各种性病……"
——温州的厕所里也做这类广告

8

冯蝶画展

9

蹲在农机局厕所里,研究
对面楼顶的电视铁塔
看见一个人爬上去了,一直爬到塔尖
——这很危险!
他四下瞭望,风景多好:
一座座房屋在下边趴着,仿生学的汽车
和人蚁,扬起尘世间的尘土
灰蒙蒙的……
他又朝远处望去

想象就到了山里,到了鸟、虫、鱼
鲜花、水,以及树木的肚子里
——这很危险吗?
他站起身,提起裤子,看见塔尖的人
又爬下来了,同时,小心翼翼

10

新剧目开始了
梅兰芳也参与了改革
"1926,用二胡的音色伴奏西施。"
然后兄妹,在梆子和小锣的帮助下
登上了《五家坡》
这是关于京剧改革的历史课,片段
但不上不行;只要你这时打开中央二套
暂不言情。武侠片也是形形色色
一把刀就可客串所有掌门人"角色"
他挑拨离间,设下圈套
使尽了暗器暗箭与毒招
不过是想独霸江湖

11

电弧光投影我是蓝的又红得刺眼
拖拉机"砰砰嘭嘭"响彻城镇乡村
在我心脏与耳孔里"砰砰嘭嘭"冒着狼烟

名叫"东风"的家伙超过了它
还有"铃木"、"夏利"、老"黄河"
"212"——"奔驰"的绿色假冒春天
年轻的拖拉机驭手冲着它们
吐了口痰,痰射在公路上仍旧旋转
沾满了尘土……
"啊,玻璃弹球!玻璃弹球!"
一个小学生欢叫着跑去捏它
当他直起腰,使劲甩着手指头,然后
在裤子上抹了抹,大脑回旋昨晚的梦
他挥着邓老师的教鞭拄着拐杖
将一群肥猪赶向公路,
赶向一堆活动的猪肉
血把战旗染红……

1993 年 12 月 11 日—26 日

诗使我年轻

诗使我年轻——
但有时,心境形同老人
心境——这些年来——
在我写的一首首诗里
儿童、青春、爱呵……
苦难与痛楚等等,被记录了,集中或散开了
弥漫着夜与清晨的雾
的大平原与山林的忧郁
是呵,诗使我年轻
我遇到的每个人
都猜不准我的年龄
怎么能一下子就说出呢
——诗的年龄……

1994年1月2日上午草就

写《黎明时刻》的前夜

梦里听见你喊
新伟,新伟。醒醒
茶壶开了;这怎么可能
我睁开眼,屋里黑洞洞的
仍然感到你很温暖
半夜了吧
你是不是在做梦
不,是茶壶在响,你听
这时,我的耳朵真的到了厨房
一壶沸腾的水
在炉子上憋足劲吹哨
蒸汽旁站着瓦特
我跳下我们的床,拉开门
看见满院桐树和月光

1994 年 1 月 3 日午夜

题弗里曼·帕特森的一幅摄影
——给何伟

她盘腿坐在一块卵石上
卵石像鸟蛋，转过身去
小手臂掩住面容——
她在哭泣、抹眼泪……
旁边是青葱的灌木林
卵石呈褐色，被长长的草簇拥
越来越像鸟蛋，有一只的一半
是白的；她赤裸的肌肤与金发
亲吻阳光——
河滩上哭泣的小女孩
她是：你孩提时代的新娘
现在已长大，披着黑发
坐在你身边，度蜜月……
看彩色的录像

1994年1月9日中午平顶山何伟新房

雪
——给彭小梅

我们在冬天避暑,手
捧住雪花,小心,虔敬
甜甜的棉花糖,像孩子心
圣洁而轻盈;这是不肯露面的老人
馈赠的童话与礼品
给你——梅,你最小
总长不大,没有雪,你不高兴
不笑,不俏丽;这场雪专为你而下
我问过安徒生,他说:
"现在,小梅开黄花。"
"我呢?"
"你得从天上落下,暂时。"
"停飞,还是你飞得过高了,病鸟。"
"多抽点'喜梅'①……"

1994年1月17日下午雪中

---

① "喜梅"是一种卷烟的牌子。

雕塑 1 号

我书桌对面窗台上的
这块石头,是从白龟山水库
捡来的;极小,手掌就可以托住
做它的底座——
水冲刷过无数遍了
这块石头,粗糙,还有点分量
凸出的棱角,是圆滑的
但永远谈不上光洁度
凹进去的部分,藏着泥土
一丁点,零星,深绿色
它们的年龄,我说不准
昨晚,我在我父亲的修理部
拿回一只废轴承外套
我将它竖起,安放在
石头中端的一个凹处
废轴承成为顶峰;我想到月亮
和太阳,望穿秋水的明镜
手镯,手铐,手中的枪口
佛教的轮回,甚至耳环……
这是我第一件雕塑,微型的
限于案头摆设,名称:《0 或句号》

1994 年 1 月 20 日夜

无 题

停电了,我掏出手枪,开门
然后,扣动扳机——
一束光射到墙上
床、门帘、书橱和书籍
手枪、椅子,都在移动

一切都好,还健在
我舒了一口气,松开扳机
顿时陷入黑暗里

1994 年 1 月 22 日

夜行记

投影在柏油路上的树干
不像是树干,是虚拟的
倒伏的栅栏。一辆半旧的北京吉普
越过我,停住,它的尾灯红了
我从它旁边走过,它的主人
已掀开它的引擎盖(或曰鼻头)
蒸汽弥漫开去……
我心里说:喂,伙计,水箱渴了
他没听见。他整个人与身影
交叉着懵懂的投影
被蒸汽与月光蒙住

1994 年 1 月 27 日夜

蒙塔莱与青年诗人

读《生活之恶》,蒙塔莱的
晚年,窗外是午后:晴,转阴
浪费了多少纸张、墨水以及情感?
三十支笔尖磨秃,也不能挑破
与物价竞涨的眼泪;始终未包裹的
仍然是 A:如果她生日
你写一万行诗,不如寄一条纯金项链
这样才能进行到 B:她的欢心
但不,包括心、每次做爱时
器官与器官的呼唤——
然而,别触摸 C,它像布莱克
一样,天真与经验……没人想听
没有 D……
唱与不唱,都会杀死自己

1994 年 1 月 29 日下午

信,第 19 封

梦:我和儿子去看你
先听见你的声音,然后才见
你出现,却不像你
稍稍有点胖,比这个梦
的一年前成熟
你像是在原来工作的地方
与人合住,房间很小,
有一张桌子,两张床
被褥不像咱们家的
分手时,儿子不想走
我说"我揍……"你在我们身后"咦?……"了一句
醒来,重温梦里的情景
"锁换了没换?再过四天我回去看你们。"
泪淌进耳孔

1994 年 2 月 2 日中午

我父亲

我父亲和他生过一场
病的朋友在谈论电焊
我父亲是钳工,他是电工
电焊机是父亲自己缠的
去年夏天,他将一团团废电线
用刀子削皮,露出麻花状
闪光的铝线,耐心地用它们缠
先裹上编草帽用的白布带
然后像缠电机那样,一圈一圈地绕
一台简陋的电焊机就这样诞生
我父亲和他朋友在谈论电焊
我读考普兰,想她
却"没有脸庞……"在外屋
我父亲说"我这台电焊机电流大……"

1994年2月2日下午,修理铺

新年献词

离中午近了,阳光的银摆
我没有看见:它怎样移步、立正
对准我的鼻梁;海顿慢板
德里达"延异",第4号弦乐四重奏
反复,停电使它们停在一组音符的尾部
比阳光超前了一点;火药
在花花绿绿的千层纸中早已按捺不住
它由几千年的思与想构成
一年来一次,像新婚不如久别的
重逢——冲动!
一只二踢脚准备踢春节的屁股

1994年2月7日中午草就

信,第 20 封

是的,想没想你
你不知道;因为你在许昌
塔湾区,前进路或毓秀路附近
闭上眼与不闭上都能看见
它们的容貌,清晰得藏住了你
备战路旁的小铁路
不链接鲁山,京广线沿途的树
城镇与田野在固定的位置
换了人间?余下的半生不会再去
戏校,文峰塔,七一路书店与白庙
以及假冒的"小西湖公园"
我不会再过去找你,真的

1994 年 2 月 7 日午后草就

风

撒手,你抓住的过去
它无话可说,风在坟墓与房子之间
徘徊:我醒着,听见它无孔不入
用拳头击窗子上的塑料,用铁砂掌
拍树,眼睁睁地看着卡车与拖拉机
在眼皮下溜来溜去
将尘埃和阳光运输

1994年2月8日中午枕畔

无音乐的夜晚

今晚我来
带着音乐与水果
没有音响
烟就是水果,就是将一杯酒
置换的目的
无音乐的夜晚,无酒
无录音机,施放一支旋律
救救忧虑:一台昼夜间
心脏、头颅、握钢笔的手
耗费草或者一棵棵树
的机器,隔着窗与薄纸
听别人大醉告辞地说祝愿
当人们沉浸在眼睛之节日,所有的
频道同时吻
嗅一嗅狗吠

1994年2月12日晚
旧历正月初三

合法夫妻

只有儿童与老年
不懂得：化了妆的世界
无风向的风，金子女人
20 与 21 之间夜的填空
月亮，太阳，相互试探，亲吻
你和家具全都搬走
我住进来，以我的名义

1994 年 2 月 21 日午后

樱花·邓肯

一枝樱花自风中失落

我跨进铁栅、街边花园
在浊水河旁拆下了它
花枝、花瓣与花苞……
在自行车后座上——
陪着《邓肯女士自传》

风爱她们：樱花——邓肯

风不爱我：因为
不想消失
从未消失过

1994 年 3 月 23 日下午草就

有时,我想振臂高呼

我不理解槐树正如

槐树的绿迟钝或者尖锐

恋爱的模糊性——风:这异域

吹来的词语,有着传统诗人的表情

它沉默,但又突发性地在沙发椅上探头

它说:风也有根,风的根躲在风中

然后缩回内心,研究孔子与激情

那天我说我有点神经质

那天有三股不同来历的风

沾染酒精、脾气、个人经验

甚至光辉的阴暗心理

这之前,当中,以及现在

我一直振臂高呼,口号

始终喊不出来

1994年4月8日中午草就于风中

求"爱"经历在风中

一个学生拿束诗句,——樱花
我借另一位学生的眼镜
阅读初春:准确的四月,妻妾成群
是五楼碎裂的玻璃影响了舞曲
留下的只有两位日本仕女
她们经过了葛饰北斋、富士山、战争
像情妇或前妻
来到平顶山:看守冬青。
她们可爱啊——青春活力
许昌的科技英语
保持进出口的可能
——中原牌情书
——我用电影剧本和酒将出入五楼的平台堵住
——我守回了内心的奢望与初衷。

1994年4月8日午后草就于风中

同一个安

1

英国的远方:多恩的安
在多恩的诗里苏醒,她端坐在
17世纪早晨,哼着一名英俊侍臣
专为她写的情歌。

2

多恩在进军,在诗歌的空行间
起草文件,在安的柔情和狱中,
在布罗茨基的挽歌里:
睡得如春般安稳。

3

关于安的资料很少,但足够了;
她如果不是令我们不解的黄昏,
飞快的……,就是弥漫在夜晚的
槐花的气息。

4

安,我从没遇到。
她或许在这个世界任何的地方。
而我总是我,从一个房间移到另一个房间,
——想有一个安。

5

我想起另一个安,她们
是同一个安:一个将自己的眼泪
变成地球仪——送给约翰·多恩,
另一个,用一杯葡萄酒救活了德·昆西,

自己却消失不见。

1994年4月26日夜,平顶山

我听见我的房客每天放一遍音乐

我听见我的房客每天放一遍音乐。
他躺在几十米外的树林里,
我看见黑乎乎发蓝的树梢。
我们想了很多,越想
越感到陌生,这是"生活"这个词,
又软又硬又不可理喻的过去,
带来的可能。
他仅仅抽了一支烟,他旁边
依偎的两棵树,
令我喜悦、痛楚。
结果,我们同时站起身,
将舒伯特的《小夜曲》又听了一遍。

1994年4月29日夜、平顶山

绿和光涌进对开的门

绿和光涌进对开的门,靠近
午餐的风,像今生今世的好友,
它径直穿过房子,在石榴树、橘子树旁停住;
抬手抚摸着爱人的脸。

喔,我发现幸福就是我们这些
阴性的人,大家都在她的闺房外追求,
掏她柔软的最突出的奉献
和亮闪闪敞开的钱包。

我的屁股下坐着稿纸,
我们是一个劲往空间努力的青草,
因此,需要接吻、喝酒、旅行……
我们俩试着什么都干过。

1994年4月30日中午,平顶山

你不时地在我周围咳嗽

你不时地在我周围咳嗽,将熟透的
槐花们吹落,像雪:洒向草地。
你弟弟和我们,经过五一节的蚱蜢,
跳进自然学家的院落。
它开向天空的窗格子有一半黑色。
它上边描绘着:绿叶、小水沟、无所顾忌的花卉
在这里,水波将电波呈现出来了。
树林里停着野餐的汽车和男女。
学生们走出校园,继续打昨晚的扑克,
自行车躺在一旁,比他们百倍地沉默,
仿佛在窥探、疑问:
谁是黑 A?

1994 年 5 月 1 日

赠小林

树阴慢慢地爬上河堤,它不管
多么多么巨大的风,我们全都躲在屋子里,
钻进纸箱和塑料袋中逛体育路市场。
我们买了20斤鸡蛋,这完全是为了自己
才去讨好别人。在这座城市里,鸡蛋
乘坐过汽车,还将在冰箱里避开酷暑,
像大家习以为常的结局:泼上植物油与石油,
点燃四个季节的火。可是,你来自南阳农校,
去年的五月还在南召的蚕坡上实习,
用弹弓射击麻雀。正像一册册
同学录上写的没有工作单位的潇洒与祝愿,
我们仅仅是暂时失业,并说明这地方来过,
留下了物是人非的照片,竞展歌喉的
乌鸦、玩具狗、夜莺。

1994年5月3日,平顶山

月季花与退役飞机

退役的坦克和三架飞机
在月季花的家里,旁边有一座

钢铁碉堡。

脚蹬小轴承的学生嗅到了
"月季花的香气,真好……"

他在铁网中的水泥地上演习旱冰。

一株株桃树迎面而来,
闪过身去,低头,月季旁坎坷

"不好吃了,去年的苹果"

1994年5月18日上午

鼓风机在一个房间里

鼓风机在一个房间里,
往坑道纵深打风。
外省人。外省少年,蹲在矿灯里,
凝视天堂般的农村。

沿途的车站两旁,黑夜在渗水。
在黑得发亮的靠背上,嗅着夜,
煤块,毒瓦斯的气息。

也许这就是真实的生存:
吉他的 d 小调向左,蝉鸣
撕裂了下午的和弦。

1994 年 8 月 11 日午夜

镜

> 我说:我不是诗人,仅仅替自己押韵。
> ——题记

不能多说,也不说
像会面就忘却的明镜
它在梳妆台上,在浴室
在辉煌与简陋的墙壁
在女士的手提包里
每天遇见我,他或她
也遇见像它一样的它
它们不动,绝对地
不改变

它是一件物
是一块经过加工的石头
是一块玻璃
其实是一块冰
但绝不是湖、天空
所以,它叫镜
叫毫无名称

1994年2月8日夜草就

情史续篇（组诗）

> 我走在人行道上，眼睛看着每个人的
> 防风眼镜和脸，
> 我询问：谁能够爱？
>
> ——艾伦·金斯伯格

1. 地点

这个问题是黑的，因此
我曾经试图解答白昼。其结果，
短裤的颜色是黄的，月亮爬到夏至的
低音阶，面向敞开的漏斗形的河谷，
降下它银婚闪闪的骄傲。

名称"下洼"的村子，迟缓地
停在中午以后，它已经靠近倾吐阴影的烟囱。
所以，你的心情像拖长的白云，
我的也一样。但许多时候，
我会像提防苦闷那样提防窗外的冬青

儿子长高了。阳光从树的下身

射向屋檐,仿佛照相馆和戏台上的
脚灯,洗净了灰尘,皱纹,蒙在
脸庞的忧虑。除非秋风般的女子
移动场景,换掉从前的幸福。

然而换掉一株香椿并非易事。
总之房间,从一开始
都是空的。
你可以在我的心里筑路:我是你的路标,
或你是我的。我有一辆怀旧牌自行车。

1994 年 6 月

2. 燕麦

她转过脸望窗口,那算什么,她说。
我不在乎爱与钟点。风将我吹到
燕麦丛中,我就是躺在油彩上,
周围是波动的黄昏与蝙蝠
噢,是的,她听见邻居说,
没有一滴雨打算拜访我们,
压井的汲管够不着石层下边的水。
导航站在附近的山坡上,
飞机场就在河的对岸。
当然,我所有的梦不在那儿。
有时它真像是冰冻的草,爱斯基摩人

与猎犬，我们不见得还是我们
燕子越来越虚弱，干燥
和一盆洗脸水一起蒸发掉。
他一句话也不说。
我向熟识的夜晚学习沉默。
当自由的收听爱好者，头戴耳机，
驾驶离开加油站的卧铺班车，
我们在城市边缘的河堤上咳嗽，
喝水，啃着生硬的面包。

1994 年 6 月 3 日

3. 恋歌

我走到房顶的平台看见水塘
灯泡，在一个裹着床单露宿的人那里，
用类似双簧管的鼻音，
将麦秸垛与妻儿照亮。
我们已经将石榴花和白昼失去了，
并且，还有其他，还有我们
完全不知道的。这一夜，
长出绿翅膀的草籽，以及
一只青蛙给另一只青蛙打的传呼，
就自然而然地落在
我们光裸的背，和左耳旁。
碧绿的树冠举着一天的法则

与炎热,使劲儿摇晃,
无论它宣布什么,我都会
热爱早晨。因为,
我已将身后的窗子打开了。
除了对流的凉爽与椅子,
别的,我可以暂时搁到抽屉里,
并用理想色彩的手,合上书桌。
也合上我们大家奢望的爱情。
为此,遥远的五百米以外的地方,
是一列夜行车急驰的地方。

1994 年 6 月 4 日

4. 情人节

一束榆树叶子,和一只麻雀,
在星期天上午吟唱,荡着秋千。
钻出麻袋的风亮闪闪地穿过河谷,
灌进奔驰在国道上的卡车。
这时,出现在地平线上的女士,
唱了一支老掉牙的歌,
歌词大意:来吧,我怎能再次拒绝?
她用一块香橡皮,擦掉
年龄与羞辱,掏出小镜子,
眼见鱼尾纹旁边的憧憬。
我老了,她说,以前我不是这样啊,

我对于自己可能过分残酷。
温情与自私在同一棵树上，
反复开花、结果，在充满阳光
或者充满雨水的地域，移动它颀长的身影，
等我们变矮，跌坐在窗前的一把椅子里。
这天，所有人都翻阅自己的隐私
和影集，我当然不例外，
众目睽睽下，我怎能带着我的躯体离开？
再说，房间那么小，
爱一个人的心灿烂、巨大。
像月亮旁边一块石头爆裂，
大声喊了一句。

1994 年 6 月 5 日

5. 雨

他拿着鸡蛋穿过院子，扭头
看了看悬挂的雨点和石榴。嗬，终于来了，
一切都在通过黄昏，都将进入
夜晚为我们设计的这间宽敞
黑暗的大厅。火车
又一次从湿润的水汽里
爬出来，它压低噪音
但还是吼叫了一声。女子侧身坐着，
给刚睡醒的儿子削着苹果。

她漂亮、轻松,像是个热爱和平的女人。
她和她儿子,停靠在一座陌生的
三等小站,他们在等另一些人。
那些人,将像他们一样,停一停,然后
过去,或者归来,或者到更远的地方
去旅行。尽管自己的院子就能望见风景,
自己的心就是情人,大家还是喜欢户外,
每一次心碎就是忘记。
当我们习惯了岁月,习惯了
在星星、月亮和太阳下边生活,
也只能这样允许:不盟誓,不将移动的
幸福,仅仅属于未来,某人。

1994 年 6 月

6. 我在雨中打电话

我在雨中打电话
我终于拨通了雨夹雪与风
我的声音在电话线的另一端冒出
我首先听到我的问好

汽车喇叭覆盖了雨夹雪与风声
冬青树从城市的边缘移到初春
开始的时候占线,耳鸣
我另外的问候借助邮票、信封、运输

一根粗黑的电线,以每秒 50 公里的速度
在雨夹雪和风中拴住我们的嘴唇

你走下湛河河堤(下午,早晨)
你躺在师专女生宿舍的上铺
在熄灯后的黑暗里睁着眼睛

(白天):你疑惑的眼神
你的嘴唇询问
你站在学生旁看他
在一扇铁门上留言

你买的萨克斯金风盒带的特写
"我打电话可你们单位的人说你去了宝丰"

我坐在筹建处附近公路旁抽烟
我的头发总是挡住我的额头与眼睛
我站起来(黄昏)
我跳下长途汽车(白天)

我走到一扇铁门前(身后是河堤)
我看见红砖头写的留言
我握着国内直拨电话
我的周围是雨夹雪和风声

"你会再来吗?"

"我听见你那里有雨……"

"你来吧"

"我不喜欢画外音"

1994年4月8日夜,平顶山

暮 春

院子里，石榴树摇曳着
晾晒被褥。昨夜绽出的叶子
有着暖洋洋的琐碎闪亮的笔触

这其中，应该没多少遗恨：
上个五月，我坐在火红的绿荫下，
喝啤酒，手捧过时的书，

阅读了季节性的生活
一件件石榴裙，精心密布的绿
只是一小部分——无法画出的生机。

现在，提供回忆和忘却的
是一台旧刨床，它卧在午后稀疏的
阴影里，干热风吹过

有力、静止的牛头。我母亲熟悉它。
春天，吹粉红喇叭的泡桐
是墙外迅速撤离的风景

这像是虚构的某个古代诗人的暮春
桃花败落的铁树旁，笔

轻声划去稿纸上的灰尘。

1996 年 4 月 22 日

北　洼

许多次，我穿过铁路桥下的涵洞，
在这片种植麦子的洼地散步。
沿着缓坡，起伏的坟墓，密集地
坐落在绿色麦田间，一条陈旧的溪沟
灌溉着弥漫油菜花和水芹气息的
风水宝地。在这里，我默数过
从旁边驰过的火车的次数，
以及移动的每一节车厢和窗口，
并想象：我就是坐在车窗里向外观望
并将我看成风景的那个瞧不清面孔的
旅行者。面对周围，一座座十字架
或柏树下，重新长出青草的墓地，
不做过多的凝望和探究。
我想起无数次在这里的伫立和阅读，
我的沉思与疑惧，以及
难以言状的四顾。每次抬头
几乎都是风或者汽笛，将附近工厂
吐出的煤烟，与天空和白云扯在一起。
当落日坠入西岭拘留所的树梢，
北环路荡起一夜长的烟尘，
我再也无法辨清：刚刚过去的
那个遥远的冬晨，白雪皑皑的洼地上

遛狗的身影,是青年还是老人。

1996 年 5 月 5 日

傍晚,读古米廖夫

一个小男孩在我旁边
独自玩着堆沙游戏。他沉浸于
手和眼前越挖越深的洞穴,
而对暮色,和水塘里
群蛙的叫喊毫不理会。
沙和洞穴就是他的异域。
与其说这是一场终归要结束的
短时间游戏,转眼
就会像未备考的电脑磁卡那样
被抹掉,倒不如称其为
不再重现的幻觉。
就像消费或享乐主义者的
社会,早已被允许,被划入
正当的误区。
此刻,夜色又一次
显示出它老昏蛋般古老、
蓝色的频率,不是更黑,或进一步黑,
黑到瞧不见脑神经的广阔,
而是从非现实的枪口,
跌入冒险、猎奇的高峰:
——瞄准,
——扣动扳机。

小男孩背对着我,朝
突然亮灯的窗走去。

1996 年 5 月 8 日夜

和平里旁的一只死鸽

在和平里北口的拐角,你
坚持要我看一看它——那只死鸽。
我停下,扶稳自行车,尽量
以随随便便的姿势俯身
将目光投向它

静静地躺在一堆石子上,
眼睛呆滞无神,小巧、玲珑的耳朵
已听不见包工头的咆哮,
以及搅拌机的咕噜;死神
徘徊在渐渐潮湿起来的空气里

它灰褐色的腹部有个洞,粘着
几根稻草,"是用气枪打的!"
你说。我没吭声。因为
气枪小小的铅弹(哪怕是高压)
不可能穿开这么大的孔

我仔细观察它,直到
将它看成标本。它已是一具
无生命的物件,丧失了飞这个象形文字
的外形;死亡抽走了美丽的光泽,

又尽可能多地将阳光吸入。

从 1994 年到上个星期,一群鸽子
总在村子上空盘旋,鸽哨吹蓝了空气
而这只死鸽可能就在它们中间
用这副合拢的翅膀,制造出神奇的灵活:
优雅,轻盈,并掌握着方向与平衡

我想起毕加索、卡尔维诺的一篇小说
在广场上起飞又把屎拉在新闻上的鸽群
这或许就是一只鸽子的命运:
没有验尸官,没有警察,也没有
众多的对死亡好奇并畏惧的围观者。

1996 年 5 月 13 日午后,阴雨天

分镜头

写了三个钟头的信。又将
两个故事虚构,缩写成
仅供邮寄的电影:

(1) 这些活泼的草,几乎都曾是
冰雪舔过的根与茎,离开信封,
探出脸和绿色的身子

(2) 阳光允许我们没有借口也要自恋一阵
——噢,这爱情的阴影。从此

进入(3):
昼与夜在相互取暖
(镜头不可以移开:延长

或停顿数分——并非为了
未来,而很有可能是听一听
画外观众的呻吟)

笔随着缓慢的(4)
移向一座银行大楼的阴影,
你抬头寻觅一架摁响云层的飞机。

呵,仅仅是(5)个月的冬季
或春的工夫,雨就剥掉女人厚重的胸衣,
树得以绿得破镜重圆

1996年5月15日夜

无 题

> 噢，梅洛——篷蒂
> 我全部存在的暂时设计
> ——题记

他片刻的苦闷，
由通俗歌曲代替
他躺着，听见酒徒们争执
"水是白的！"
"但是它混浊不清……"

唉，我已经
整整一天没吃东西
如果爱情是早餐，那么
我在她心中仅仅是个比喻

仿佛某次盛大的晚宴
过后，她递给他餐巾纸和牙签
对了，还有你——在遥远的夏季
说：一朵红玫瑰即是可亲吻的嘴唇

大街拐角的那盏灯

代表往昔,快完蛋了 1996
就像我的誓言和自言自语
将一页酒鬼般的忧愁占领
然后放弃

1996 年 11 月 23 日夜,想想酒吧

抒 情
——给崔学超弟

这场难以忘怀的风已刮了很久。
第一天:我做了能够做的那些梦;
第二天:天气丝毫未见转晴;
第三天:晴朗的天空,万里无云
村子中央的水塘结了一层冰。

当阳光温暖地
不在乎风
推开我朝西开的屋门,
我像是感到了一生的幸福;
强壮的光线刺得我睁不开眼睛。

我已经将折断的钥匙从锁孔取出
我喝酒,读着布莱克,
再一次享受整个有阳光的下午。
孩子们伫立风中朗诵、唱歌,
掷出的石块在冰上滑行。

1996年12月6日午后写

痛苦，致蒙德里安

这个具体而抽象的上午，将趋向
肉体才能接纳的火热，此刻
地平线上的热点，已制造出
如此众多的垂直阴影。

仿佛码头上海洋在额头闪烁，
哦闪烁！有着高大槐树
与酸葡萄的院落；说话声
也督促一个个椭圆形绿色光合。

有一瞬间，火苗向上蹿着。
绿色圆珠笔吐出流畅的蓝色线条。
形而上的躯体帮助幻象争吵，一个早晨
被老年、中年与儿童无所顾忌地分割。

伸出并缩回敲门敲窗玻璃的手，
暂时隐匿于这个具体抽象的上午。并用
完全可以互换的衬衣或臀部，挥洒汗珠，
排泄掉泡沫丰足的时光与啤酒。

1996年6月12日上午

酒吧絮语

这不是我向往的午后
或者黄昏。我所面对的是此刻
此刻,很像个举止粗鲁,随便在酒吧
呕吐的家伙,根本不在乎
我和女招待的厌恶。而我竭力想诠释的
正是他,以及酒鬼这个词语
我不能回避他进入我的生存与写作
甚至,被迫替代的愧疚。
滑过铝合金推拉窗的阳光
洒到火车座和满脸粉刺的扑克牌上
仅停留了片刻,瞥见蓝蓝
索德格·朗的诗歌。花园在哪里
栅栏呢?牵牛花的小径也不记得了
这里,曾是治疗焦虑和怀旧病
的诊所。没有信从这儿寄出

1997年1月16日午后,于想想酒吧

向日葵

我想写写父亲种的向日葵
两个月了,自从我吃下
十几颗种子中的一粒,在它们
黄色的花瓣簇拥的脸庞下读书
梵·高——就会像幽灵
出现在我脑海中那间名叫记忆的客厅

1997 年夏

新站①

从邮局出来,贼一样
匆匆穿过陌生的人群和大街
我想问问庞德先生,他
意象中,潮湿美丽的花瓣
如今在哪里?也想向
白痴尼采咨询
(不是上帝的生死问题)
而是:享乐和禁欲
这两座风格迥异的车站
哪个更适合我
停留片刻,然后通过检票口
未来,异国情调般诱人
缩在一件陈旧的
劳动布棉大衣里,翻毛领子
竖起。骑过新汽车站时
不得不瞥了一眼
这里曾经麦浪滚滚
高高的气象风标晴空旋转

1997 年 1 月 21 日

---

① 又名"从邮局出来"。

一个长得像屎壳郎的灵魂

谁在夏夜
驾驶着一只
黑色的屎壳郎

飞向
尚未砍伐的石榴树
飞向繁星?

它黑暗中那对电动翅膀
惊扰了我的露宿

1997 年

混凝土或雪（组诗）

1. 混凝土或雪

午餐过后，我试图
把走廊上的破沙发修好。
我用钢锯锯木板，一颗
小钉子也找不到，只好放弃。
我回到屋内，翻开
岳父主编的《河南省鲁山县地名志》。
他已去世多年。
这本书足足有六百多页，沉甸甸的，
以前没掂出它的分量。

我查阅张店乡的自然状况，对
粗骨土这个词兴趣颇浓。
二十分钟以后，当我和红涛
拉着架子车、石子儿和沙，走在村前的土路上
我给他讲了一个掷柴游戏。
在飘着雪花的院子门口，
我们协助二弟，浇筑
混凝土，并用三尺长的圆钢
吃力地捣

侄子和侄女乱叫乱嚷。
母亲和两个弟弟扳住面孔,
不停地冲两个小家伙喊。
他们积怨已深。雪开始下大了。
我看见儿子出现在邻居家平房上,
欢笑着,滑雪玩——
身穿我和他妈妈穿旧的皮衣,
头戴 1990 年冬天,我们
在郑州亚细亚给他买的线帽

1996 年 1 月 14 日午后

2. 下雪前两天

下雪前两天
天气阴冷得
像失去老婆的单身汉
我隐隐有了不祥的预兆
下决心,忘掉 1993
那个写诗、听拉赫玛尼诺夫
然后病倒的冬天……
啊,全都过去了,省略号般
嗒嗒作响的分分秒秒
起床吧,雪花在飘
窗玻璃上有雪的反光
积雪的院子里,父亲

已将我儿子铲出的
分叉的甬道,铲得更宽了

1997年1月22日

3. 1月23日

晚晴。雪上面都是月光
如果我把树杈间的圆月
比作:太阳烤黄的烧饼,把雪
当成洁白、精细的面粉,
运入屋内,装满食品柜,
那一定是儿童或疯人院的想法。

昨天,飘了一天的雪。
雪花落到晚报上,变成了
黑的。电视里,人们在赏雪,
穿过雪浆飞溅的大街,拍下
与雪相遇的瞬间,
但镜头没有对准我;
我是在远离城市的乡村,
在雪地和一轮明月下驻步。

1997年1月23日夜

4. 铲雪

母亲说,去把房子上的雪铲掉;
我拿起锹,攀着二弟焊的梯子,就爬上去了。
从哪儿开始呢?站在楼梯口,略加思索
——就从脚下吧。
我稳住神,往手心吐了口唾沫,紧紧
握住锹把,自南向北,平铲着往前推。
(有点像犁地,接近我近期写作)
留下的一行行雪线,回头再收拾它。
站在自家屋顶,能看见
别人家的——附近平房上
也有人在铲雪。这期间接了一个电话,
是肖打来的,说某某被人打伤了,
邀我同去探望。我说我在铲雪,
就把电话挂了。该打,那个小暴发户。
这样想着,我已经回到房上,继续
干我的活。休息时,倚着栏杆抽烟,
眺望村后,几家积雪的房顶上
疾驰而过的火车。说不准哪天
我真会离家出走……

1997 年 1 月 26 日午后

5. 家族

一场中雪过后,二弟又搬回来住了。
他们出现时,我正在房顶铲雪,
正好铲到他们住的两间。
铁锹接触雪和预制板的声音,
一定十分难听吧?"嚓啦——"
"嚓啦……",走在他们头顶
我开始感到不安。
沉默着,谁也不搭理谁。我甚至
想到逃走,但不是雅各欺父,听从
母亲告诫——那种逃法。
他至少有一个哈兰在未来等待。
是什么堵塞了我们的喉咙?兄弟。
坐在走廊晒太阳,彼此却视而不见。
我们能证明一些什么呢,先生们?
我不是懒汉,写诗这把活
也挺辛苦;当然,它几乎挣不到钱。
贫困确实是:丧失热情的原因,
但不是全部。这些,《圣经》也不否认。
比如雅各与以瑟,他们或许
真的存在;包括洛伦兹
在水族馆,观察的那七条
和睦相处的鱼。
我们家族的人并非个个冷漠。

尽管，倒映在水塘的天空
已结下三尺厚的冰。
漆黑的夜晚做着深呼吸，
和一些古怪的梦；
鱼儿失眠时，我们向对方游去。

1997 年 1 月 27 日午后

6. 纪念

谈论着进化论和蝉
痛苦的蜕变，我们翻过
两座铁桥，四条平行的铁轨。
我们大概也谈论了理智，谁知道呢？
理智也许是乌龟；就像记忆，
总想把消逝的形象，拼贴成氧气。
当然，这可能不是我
最终所了解的真理，那么
你走向恍若隔世的月下，
瞧着四月，瞧着
麦子的仪式，只有咱们俩懂得
重复和生殖的秘密，只有咱们俩
谈到了土和大地，孤独的安泰，
城市住宅内薄冰般的思想与水泥。
然而这里，阡陌纵横，更适合
散步与汲取，并允许你

在亲人的坟墓前哭,长跪不起
毫无怨言地接受风的抚慰。
现在可以肯定了,完全是
移动的腿和风景,改变着我们的话题,
那些是羊齿草,那些是七角牙,那些是
每年必开的黄花和少女。而干渠上
停在绿荫下的汽车,正哼着
一支歌曲,"你喜欢我的帽子
这就送给你……"

1997 年 4 月

假面舞会

你曾见过的某个人
他是谁呢,昨天骑自行车
穿过收割后的田野,翻越两条铁路
仰望月亮时,猫头鹰鸣叫
太阳那个红点滑过卫星云图

你说的是秋天吗?也许是的
可也许是另一番景象,另一副
令我魂牵梦绕的容貌,缩着肩膀
在某节移动的双层玻璃窗后
凝视银灰色的村落

当然,深深潜泳在水底的鱼
我们暂时看不到,那么
是否可以将它们移交给想象?就像
树与灯光移交给黑暗中的眼睛
而眼睛又向终点运动

看不到的结果,或许
就是不开花的梦境,这里的冬季
盛产雪糕;至于爱情嘛
你可以挑最好的,然后结账

别忘了带走逗留在玻璃柜台上的倩影

这就对了,小时候
我就喜欢猜谜,并为此
伤透了脑筋,那是一场
较为严肃的闹剧,首先拉上窗帘
接着又脱掉睡衣

1997 年 10 月 15 日夜

暖　冬

你怎么能说她月下的抱怨
没有根底？当月出月落，
假如你恰好站在县政府，或
一棵桐树的高度，也许会说：
"我近来的情况可不是这样落寞"

如此这般，这么一说，这么
一转折，该下的雪
被探险般的尝试
据为己有了，而令人愤怒的
代价是：夜，夜消失了一辆旧自行车

这种不为人知的认可（绝不可能因为气候吧）
但你认可了。某一替换物
早已用鸟瞰之目：逼迫、瞧着
你陌生的色情之幻觉
变之为不发达的观摩

1998 年 12 月 30 日午夜草就

雨花（组诗十一首）

1. 雨花

纷纷溅起的雨花的心跳是多少？
仿佛一大片蘑菇形琴键
（不，像是一组小爆破音！）
在急切跳跃、奏鸣；这一幕
少年时常使我发呆，幻想着
成为电影导演的未来，将它拍进
有点儿忧伤的片子里
雨花开得如此灿烂急促
伴随激动人心的背景音乐
发呆或凝视，它似乎抽象了

2001 年 7 月 20 日午后草

2. 另一些秘密

我推迟打那个电话
倾听，但差点被雨迷住
我想了想晴天和月亮
肯定它们

不是幻象或两个词语
而是随着雨水
降落在脑海的染色体
以每天一毫米的速度
向上，再向上
渗透另一些秘密

1999 年

3. 暴雨之夜

落下来的窗户
围绕窗舞蹈的飞蛾
它们从黑暗的田野
找到了亮灯的农舍
甚至，生锈的合页与螺钉。
也流亡到暴雨中心

1991 年夏

4. 又一次

尝试着，在一幅习作中
使一棵树变薄
变成刀片，剃须刀，切割岁月
那不长胡子的老者

惊讶地望着爱情
还有那转瞬即逝的欢乐
又一次,从每天的粮食上
跌落,被无所不在的
深渊,正好逮个正着
放弃吧,要么就忏悔
"请饶恕我"

2000年10月9日中午

5. 窗上的目光

从我坐的地方展开遐想
但我的目光却痴呆地盯在窗上
黑夜伏在玻璃窗外
一半身子已挤进屋来
还有你,你的脸和亮灯的窗
就像此刻,树梢浮云间,雨后的月亮

1999年秋

6. 哀伤

我不能飞向树梢,像鸟,在那儿筑巢
我也不可能再像童年那样惊奇、眺望
夏夜的星空已变得陌生

我所知道的越来越少
内心里，只为一位少年和双亲祈祷

2001 年 7 月 14 日夜草

7. 仿生学

不，不是歌唱只是想模仿
鸟的叫声，就像夏夜露宿的时刻
我想会见，黑亮的驾驶屎壳郎飞过的灵魂

1997 年夏

8. 遇见白蛾

你遇见白蛾，是五月的早晨
满地泥泞刚刚下过雨，在那条
1971 年通车的铁路两侧
阳光照耀麦田，白蛾们翩翩起舞

1997 年夏

9. 话语

那或许是神性的
无数只温暖的苍蝇

因为它遇见过你,出入
秋天的门窗,风爱上了浮云
庭院和万寿菊迷上了阳光
还有失眠者,梦,以及回忆
飞逝又来临

1997 年

10. 怀旧

比我们更远的雨天
风一点一点蚕食掉花园

1990 年 2 月 23 日夜

11. 情爱自然史

我们将彼此的手挽了又挽
我们仅仅是
酒神用厌了的杯盏

1990 年 2 月 25 日午夜
2002 年夏整理

有时①

有时,梦就像一个没有领导
的集体,一座集中营,一部
与时空无关的戏剧,而有时
又像月亮一样冒充媒人

似乎一名年轻的陌生女子
就可以替换前妻,并把一幅幅
爱情蒙太奇,改写成合欢诗句
交给黎明这块橡皮

从一枚小小榆钱儿,到一根
剥光了皮的榆木棍,还有多少
滑稽的秘密;梦呵,为什么
不肯放下,你抒情的铅笔?

1999 年秋

---

① 又名"梦"。

新春三日

漫步在我家屋顶,是我
故意将月亮视作舷窗;
出站的货车满载着月色,
弄影的张三影家居吴兴。

凭栏远眺的我仅瞧见
远处的灯光。偷自行车的人
至今模糊不清。无人窥视
我书写招牌,空旷的车间也感到了陌生。

病态的心理急需调整。
判断失误源于坐井观天般的猜忌?
当母亲向我转达白村,我翻开地图
和我二弟:"瞧,它远离县城,紧挨河滨。"

1999 年 1 月 4 日夜写

旧货市场之歌

某个年轻女子
曾迷恋过这件风衣
这双旧皮鞋
也曾经历过爱情

进出这扇旧门的人
也曾站在这扇旧窗前
眺望女人和落日
记忆的望远镜

这只发条松弛的旧闹钟
仍期待与时间同步
这颗生锈的螺丝钉
多么像雷锋

骑过这辆童车的孩子
刚骑摩托蹿过
这些摊开的名词
都带点动词的宿命

这只旧轮胎如果不是句号
那就等于零

这只小鼓风
还可以叫生活沸腾

1999 年 1 月 11 日或 12 日

方法论

昨晚他没有读普鲁斯特
早早上床就闭目养神:记忆的鞭子
又举起来,这回抽打的依旧是心

1999年1月19日上午枕上

波浪拍岸的树村小学校

波浪拍岸的树村小学校
女诗爱者领头喊：打枣
她嘶哑的嗓音令峰峦耸起
黑里透红的脸刺激着县城里
另一个男诗爱者的神经末梢

香喷喷的烙油饼、炒鸡蛋比传说要早
15年后，他仍然怀念那顿午饭
他脑海里的她家院落阳光永驻
十一月的水库风大浪高

黑夜也不能使兴致低落
油灯下，他和她继续谈论诗歌
他上小学的妹妹也受到了蛊惑
依靠着姐姐，紧盯着火苗
朦胧看见了爱情的诀窍

1999年1月12日或13日

望 鸟

鸟不带钱
就能旅行

午后,我听见它
拍打翅膀声

我惊讶地
目送它远去

想起那些
飞翔的梦

1999 年秋

岳父十年祭

有一次,梦见您
在另一个世界用起了手机
今年入春,看见
您睡的是地铺,床
让给了孩子们
屋内空无一人,里屋
传出您说话的声音

如此看来,梦
是通往您的秘密途径
而我的脑海不过是
您偶尔散步的大厅
您只是在我的怀念里安享
被工作支取的晚年
鲁山,所有的地名,鲜花簇拥

去年,在香盘河,沙河交汇处
又想起您,您和岳母
就沉睡在不远处的田野
一只鸟停在宽阔的河床上
转眼,向石佛寺、余流飞去

2000 年清明

愚人船

——给 NHZ

> 睡前,我观察过一只小小的
> 蜘蛛:在自制的索道上游弋自如
>
> ——题记

何处来的茫茫黑夜?谁
命令我伫立比黑夜还黑的江边?
这黑亮汹涌的江水来自何方?谁
使整个黑夜和整条江变成了大型游乐场?

驾驶豪华怪异游轮的是不是人类?
除了你,和那些海盗般的游客
还有谁看见我们?置身于地狱或者天堂使我难以分辨:
你美丽的脸庞怎么会出现在陌生、丑陋的脸庞上?

你为什么叫游轮停靠在我身边的码头旁?
你为什么不在乎游客们不满的目光?
你为什么在我一登上游轮就成了我的保护神?
你为什么会和我相遇在这茫茫黑夜漫游的江上?

是谁设计了这江,这游轮,这夜之夜的黑梦?

你是否看见我靠着透明的顶舱感受着莫名的风?
你偷偷放进我衣袋的是船票还是护身符?
你怀中抱着的是圣子还是普通的人婴?

2000年9月10日下午再记梦

白色的天使之歌

我听见三种声音、三个你
的脸,飞越时间、地点、空间
我看见我习惯的白色外科,香甜的
药味、一大片白乎乎的
白色中飞翔的小白色(呀,能否称她们
"和平天使""小白鸽",千万
别提那位老色鬼,叫什么背枷锁?)
我的学生时代理智就是出色的
这,您有所不知?关于叶县、鲁山
上海某铁道医学院——在我
忙碌的人道主义的记忆里
有点概念化了——请问:您
是谁呀?您在说些什么?
为什么在新世纪的头一个春节
通过电话线,耳道(不是国道)
闯入我脑海比病人还要令我麻木的
竟是一个诗化的幽灵?
哦……我似乎明白了
您不过是想跟我见一面,随便
谈谈?谈什么?神经病!
出于礼貌和医德(绝非自我保护)
我不得不镇定自若(而非结结巴巴,

或嘿嘿嘿嘿）地跟您说
博尔赫斯？弗洛伊德？荣……格？
《都柏林人》？《橡皮》？老他妈
爱追忆像水那样流逝的时间的普鲁斯特
(那位睡不着时发明了新法语的纨绔子弟？)
噢，对不起，NO，真对不起
这些我都忘了，这些
都见鬼去吧——包括
这两天给我打了两次电话的您
(深深地向您表示歉意，汲雪的棕榈)

2001年2月，宝丰杨庄

湛河(一)

想往下跳时,想到
会游泳。暮色里,闪出个
新念头:对,找块大石头
用铁丝把它跟自己牢牢地捆住
最好捆在背部,然后
猛地往下跳。像一个
奔赴刑场的人,义无反顾
同时,大声呼一句什么口号
比如"啊——"什么的
作为告别。以跟出生那一刻
遥相呼应。回顾,已不可能
那是自作多情。朗诵一首诗
肯定也来不及,明显是
奢侈,拖延时间
使自己,在涟漪期待的今晚
一再犹豫不决,甚至找到种种
妥协的借口。不知不觉地
解开铁丝,放下石头,然后
席石而坐,点一支烟屁股抽着

2002年6月16日夜

纪念跟张点点①的一个下午

我一直担心点点脚下不平
她看到花时有一种我和张杰不理解的喜悦
她在午后的阳光下采花,几乎
爱上了蚂蚁,她的发音还不清晰
她脚下的坎坷她也不在乎
面对姐姐打秋千的常春藤
她的笑声我只能猜测
私下里向一本开始打开的儿童心理书
学习;水泥座椅的凉,我相信
它是圣洁的
点点的笑在取消我儿时的记忆
我不知道像点点这么大的时候
我究竟怎么了,只是
有一点恍若隔世的感觉
叫出爸爸的名字
叫出爸爸的名字
应感激那些有亲和力的邻居

2002 年 6 月 30 日午夜

---

① 张点点,张杰女儿的昵称,真名张安然。

1969 年的母亲

我捏住鼻孔,蹲在水底
憋足气,不敢吭声
水面上传来的母亲的嗓音
很遥远,也很近
仿佛隔着另一层时空

我没有想:她的担心纯粹是多余
只是在水下,屏住呼吸
仔细听同伴撒谎
能使水花溅起的扑腾
一只手更深地抓住淤泥

2002 年 11 月 25 日晨

冬 夜

夜深了,我还是毫无睡意
我的两只手,轮流在火炉上
值班,轻轻翻卷
它俩的工作就是陪我
翻书,拿烟,度过这十二月
最寒冷的夜晚

偶尔,我也站起身
拉开紧闭的门与窗,把
鼻子和头探出去,吸几口
冷冽的不带煤烟的冷空气
却意外地看见
晴朗的夜空,月明星稀

2002 年 12 月 26 日午夜

人间写真

饿
睡不着
蚊子也在欺我
家回不去了
梦,不会剩下什么
刚才又喝了一杯生水
也许会冲淡
那些记忆
追随我多年的肉体
可能要撇下我了
它像我一样
累了
仅存一息呼吸

2002 年 6 月 29 日午夜

天鹅星座①

今夜又想你了
睡不着,坐在房顶上看天鹅
那八颗星星在闪烁
在飞越浩瀚的银河

思念依然被牵着
命运线,曾经连结着你和我
失去你我才这样的失魂落魄
想你只能为你写一支歌

我感到你也很烦恼
他好像,没有我那样对你好
有些话你为何不直接跟我说
别人把你的话藏起来了

你的容颜是否依然
没改变,一点儿也不显老
爱的激情还在不在
像梦里那样就足够了

多少次,喝醉了

---

① 又名"失乐园"。

发誓一定要把你寻找

失去的乐园在呼唤着我

但已经无法再回去了

天鹅它不像我这样悲观落寞

天鹅它没有喜怒哀乐

天鹅是八颗星星在闪烁

天鹅不懂得关怀你我

2002年7月17日—18日

夏 天

我不会爱上落井下石的蚊子
与苍蝇,不会为它们
写下一行诗,一句赞美的词语
只想把歌还给寂静的乡村
远离尘嚣的蛙鸣
他在大铁桥下洗脚,冲
落井下石的蚊蝇发酒疯

2002年7月8日凌晨

恋　歌①

你像我一样不爱写信
总爱在梦中串我的门
你飘来飘去的像个幽灵
你说你在寻找曾爱过的人

这件事很怪像是个谜
只要一睡着我就会分心
我猜测你也许有别的动机
你说你只想跟我要你的天真

你的脸我一直想看清
但你的背景像夜那样深
你总是在我虚弱时出现
好像我前生邀请过你来访问

我不知道我是不是你要找的人
你每次来总要带走我一些灵魂
梦中的你总是对我一往情深
渐渐地变成了我身体的一部分

2002 年 7 月 21 日午夜

---

① 又名"梦中情人"。

魔鬼附身

什么时候开始我心中贮满了仇恨
我感到我体内藏着一个魔鬼
复杂的我不再像以前那样纯真
我怀疑我染上了人格分裂症

我的欲望总是爱惹是生非
我害怕我会突然发疯
我感到善与恶在激烈地争夺我
灵魂深处像爆发了一场战争

为什么善良与爱抛弃了我
为什么我变得如此冷漠无情
是什么使我如此地烦躁不安
是什么使我如此地多疑容易冲动

什么时候我才能恢复心理的平衡
什么时候魔鬼才愿意甘拜下风
我想成为可爱的天使
我想结束这场旷日持久的噩梦

2002 年 7 月 22 日夜

湛河(二)

那天,在槐花盛开的湛河
水,还是那么多,你陷入了
少儿的追忆;话语就是这样
不知不觉,随着漫步的腿脚
也开花了

你说他下去了,他父亲
站在桥上喊他,小子上来呀
小子上来呀,你摸到什么了
但石缝卡住了他的脑壳
水草开始缠绕他

天黑了,夕阳下去了,他父亲
一下子老了

2002 年 6 月 28 日午夜

与诗人杜涯一夕谈

这个冬天,一直在给你写信
在寻找,配得上你的词语,哪怕
是一点点的接近,或词不达意
仅仅奢望记录:今年秋天的一次相逢
一夕谈话,在我内心引起的变化
那个起风的傍晚,我走下台阶
我看见灯光和你,正在使空旷的
逐渐昏暗的院子充实起来
你转过脸,以证实你的敏感
仿佛一下子就猜中了我这个谜语
而听你谈话,像看一部
没有拷贝的电影。窗外
刮过屋顶和白杨的风声,绝对是
为你我精心设置的画外音
整座城市消失了。它似乎不是绿城或迷宫,而是
没有一处不是败笔的陷阱
取代它的,是我眼前浮现的你的前生
和旅行,你善意的内心中
珍藏的风景:整个人类的遗产

2002 年 12 月 21 日—25 日夜

境　地

越活越傻,是我给自己
下的一个定语,当体察到
人性的晦暗与幽冥
我只好像卡夫卡那样
躲在自己内心
在这座冷漠无情的城市
我还没有学会戴面具
神情流露出孤立无援的境地

2002 年 6 月 28 日午后

飞扬的一晚

不是巧合,也不是预谋
这一切的一切
归罪于我迟钝的性格
当我慷慨地贡献出
受过伤的右膀
我想到再也不能改变的命运

飞扬的一晚令我难过
我担心我的余生会加速毁掉
当我把短暂的欢乐的获得
归功于你神采飞扬时
弹唱的一支老歌
我知道其中的代价意味着什么

这是一个近乎无限透明的梦
这是多少年来第一次心被牵动
懊悔又苦恼地
带着你的形象四处奔走
追忆着你惊世骇俗的美
飞扬在时间史上的激情

2002 年 6 月 11 日午夜—14 日晚

这么多的谜

今夜,睡在房顶的儿子
是幸福的?他离星空
更近吗?他有意拒绝了
很多(包括我)?
梦中的他,他的另一个他
究竟什么样子呢?为什么
我不停地喝啤酒、撒尿、听
蟋蟀叫,似乎
就是堕落的?那么
电视机前的母亲、三弟
和小侄子呢?他们
在几米外的屋里看电视
就是古装喜剧的一部分了?
这使我想到贾科梅蒂
搞的小雕塑,海明威
在巴黎郊外一次伏击战
中的感觉,克劳德·西蒙说的
我活了六十多年了,到现在
还没找到真正有意义的生活

2002年8月7日夜草

肉体的痛

痛,疼得看见了蚂蚁
倭瓜,和倭瓜棚
风吹乱的日影
痛得,月亮也看见了
眼前的事物
好像第一次发现,认清

原来欲望是可以消解的
灵魂,完全可以像植物
那样镇定,并守住

与树木交流
与斑驳的月影交流
听见试嗓子的秋虫

2002年8月22日夜

西亚斯
——送媛媛

这座阳台适合乘凉,眺望未来
以及对面楼顶玻璃上的霞光

不过得留心身后的穿堂风
装置磁卡电话的走廊与大厅

朝阳也许会泄漏:一丝骚动
相信他不会让你过于走神

小心目光掉进下边的花园
雪景中万物镇定、处变不惊

这个观点如果保持四年
应该是一生最值得珍视的部分

2003年2月16日,新郑

元宵节
——新郑一瞥

他们将青麦与残雪遗忘
在田野,暂时占领了城区

他们蹩脚的新衣和神色
使我感到战栗;还有

他们挤满亲属的破三轮
交纳罚款时,同样浑然不觉

他们甚至,猴子似的
大人小孩全都爬上雕像

我应该赞美:这小小的喜悦
还是……任凭暮色扑向车窗

2003 年 2 月 19 日中午

中　年

黑暗中，没人看见我
躺在被窝里，闭着眼睛吸烟
但我，能看见他们。
那些活着，或已经死去的灵魂
灯塔般的脸，似乎
在冥冥之中，或各自的
不为人知的梦境，引导我进入
那曾经属于我的光荣和梦想的领地。
考验我怀旧的深情与深度，
以及重构事物的能力。我知道
我到了现实与梦模糊不清的年龄。
往往是记忆中，充满柔情的部分，
会给我新的挫折感与打击。
仿佛我是因为爱，而赌输了一生
的日暮途穷的老人，
不肯贪睡，不肯丧失
这重现的被时间捉弄的机会。
为追寻飞逝的激情与青春，
我甚至看见，我化作土壤的肉体，
在地下，在洁白的若隐若现的
骨骼间，像牡丹花那样生长、盛开。

2003 年 2 月 24 日—25 日夜

雪夜的葬礼

乱纷纷的雪花
飘进我母亲的大眼睛里
湿漉漉的长睫毛,像
两排铁栅栏,或荆棘
使她视野模糊,看不清道路
漫无际涯的田野与乡村

130 在雪野上,干渠边
东倒西歪,二姑
跟我母亲一样,紧抓住
灵柩,相互鼓励、安慰
有一瞬间,令她们绝望、惊惧
二姑沉重地磕在后厢板上

半响不吭声,直不起身
(入过监的姑父
刚刚死去,她已经
经受不住任何打击)
父亲与喝了点酒的二叔
迎着罕见的风雪伫立,仿佛

这场隆重的葬礼

将他们，变成了梅花与塔松
而不是，借着雪夜，掩人
耳目地，将自己的老娘
偷运到城外
的家族墓地，悄悄埋掉

灵车，终于在
漫长的、虚无缥缈的
白色意识流里停下
打墓的人，像一枚枚
黑图钉，钉在
正在挖开的墓穴旁

几天前，我梦中恸哭的爷爷
空居多年的茅草屋
此刻，被开了个大天窗
这个生前挑着担子
走街串户补锅的老铁匠
总算迎来了姗姗来迟的老伴

2003 年 2 月 28 日夜完稿

阳光下的沙岭

我喜欢酒后
打电话,到处跑
表白自己。比方说
有一次,喝醉后
跑到离城 10 里
的沙河,在冬夜的
河滩上,呆呆地看
二弟的挖沙船
在午夜工作
挖沙工在寒夜
的船上、灯下
手脚不停的身影
是我熟悉的
我曾经作为监工
大声吆喝过他们
我知道,我的心
没有夜黑,没有
流水淘洗过的沙
干净,但我老是忘不掉
横亘在记忆深处的
阳光下的沙岭

2003 年 2 月 28 日午夜

一个早晨

残雪正撤出菠菜地

我的知己
有他自己的知己

火车的大嗓门
盖住鸟鸣

在一块灰砖石上
我看出了你的形象

2003 年 3 月 7 日

诗学研究

缓慢地试笔
推迟入睡,尽量地
请梦回避。我的意思
是说:不该梦见的
最好由这支笔、这堆词语
代替。但我的意思
我可明白?
请继续,用这支
跌歪了笔尖的旧钢笔
跟它们相会
它是避雷针,还是
探测器?假如
他们说谎怎么办?
熟睡后,我会管不住自己
我会傻笑,尖叫,说胡话
回到10岁或3岁
对世界
有一种本能的着迷

2003年3月10日凌晨

初　春

听着火车睡觉，
依旧睡不着。

一会儿是词语，一会儿
是尚未成形的梦。

那些沉默的声音，
听起来，比火车还要吵闹。

擦亮了原野上的钢轨，
沿途的小城镇。

2003 年 3 月 13 日下午再改

遗作中的忏悔
——给儿子

我给你读的这些诗
试图唤醒准确的记忆
正像你所说的,这是
我惯用的伎俩,而不仅仅是
忧郁。关于忧郁,也是我所畏惧的
但你还是被传染上了
你说的像我,涉及各方面
比如迟钝、孤僻
老是在想什么
对人一心一意,诚恳,不玩虚
像我年轻时迷上的
瑞士钟表匠的儿子卢梭
遗憾地终生脱离了母体——
我全都注意到了。所以
死后,我也会谴责自己
没有给你留下
任何美好的回忆
但我坚持认为,在飞逝的时光中
艺术可以填补空虚,并挽救
部分生命的意义。正像我
熬夜,阅读,一次

又一次地对自己发动攻击
发现自身最黑暗的部分
照亮门窗，与眼睛
放掉令你窒息的烟酒气

2003年3月18日夜

旧日记

空前的不是我
以及我留下的痕迹
文字和语言
作为载体,只能
表明我的迟钝
与愚蠢
它什么也没有记录
什么也不能恢复
哪怕是数年前
我和妻儿在春天的野外
采地梗花
看火车的情景

2003 年 3 月 18 日午夜

少年文学

语文课上,我忘掉了
数学给我的烦恼。
我对班里漂亮的女生,
似乎有更多的关注
与爱好。我喜欢书桌
坑坑洼洼表面,
它上面的痕迹与线条,
给我展开无尽的遐想与寄托
物理,或化学的空白页
乱糟糟的,布满了
不精确但多少有点
诚挚的杰作。
某学期我暗恋女班主任。
放学路上,总是想
无论哪一点,她都胜过
对我要求严格,尽管
充满温情的母亲。
我喜欢雨天、沉默
穿过学校与工厂之间的麦地,
观察脏玻璃上,
自己乱抹雪花膏的形象,
精美的笔记本里写满了流行歌。

2003 年 3 月 18 日午夜

梦见槐林

邮寄的包裹挂在树梢
开了一半的槐花
另一半不想开了
我想母亲可能
跟槐树林说过什么
这首诗也仿佛
在另一个梦里写过
一株槐树的主干被谁
整齐地从中间锯掉了
年轮的切面上
包着一块塑料
然后是:空地,空地,空地
母亲的脸从槐花旁隐去

2003 年 3 月 28 日中午

蓝蓝,蓝蓝

有一年在梦里我访问过你
给你写过几封信,但至今没有寄

我曾经在酒吧读你的诗
喝醉后,写了首《酒吧絮语》

我的愿望是活着还能见到你
陪你说会儿话,为你点一支烟

2003 年 3 月 28 日夜

短诗七首

1. 风铃

沙发上斜躺着月光。
一颗亮星,在摇晃
在山楂树上躲藏
掀开窗帘的风吹响
儿子的风铃——他脱得光光的,
正躺在蛙鸣中做梦

月亮没注意到。榆树的背影
一截破旧的黑胶管
躲在墙后。似乎正偷听
粗壮的葡萄藤,替它
发出咕噜咕噜的流水声。
木架上的叶子,也支楞着毛耳朵听。

2003 年 4 月 14 日夜

2. 蜜蜂

谁的蜜蜂

来我家采蜜
围住山楂树
表演歌舞
父亲听不惯
嗡嗡的嗓门
揉了揉耳朵
皱起了眉
我则感到有些兴奋
因为我发现一群
不投炸弹的轰炸机
正与白色的花团肌肤相亲
直到傍晚才起身飞离
它们还约好明年相会
其中一只醉卧在花心

2003 年 4 月 25 日夜

3. 旅途

你一瞥的夕照
还没有抹黑树梢
它射进行驶的车窗
映红她的鬓发、右脸
又反射到刚刚收割的麦田
你不想跟她错过

记住了这个瞬间

2003 年 6 月 5 日晚

4. 午夜札记

他披着床单,坐在床沿,
低头,数地上的烟屁股,听着
窗外的蛙鸣。我确实
像俘虏?他想,被黑夜
或另一个现实困住了?
此刻,谁还会在梦境与我会晤?
我的失败,难道真的
令她不安,想唱歌?隐居者
可能已经出现,就在我经常出没的山头
弯腰,系黑长的鞋带——
祈雨,捡落叶和冥钞。

2003 年 7 月 9 日午夜

5. 在宋庄岭散步

踩着草走,避开泥泞。
闲汉追逐:路轨间
披发的男人,然后,失望地转身。
戴镜子的红眼瞪视:火车司机逼近。

小杨树喜欢客车进站时,
田野的拟人。谁有办法
不去想狗尾巴草和张志新?
假如我是逃犯,会不会扒货车脱身?

2003 年 7 月 13 日上午

6. 看火车

还剩下月亮,没上网
树的聊天室,在聊
地下的梦。光膀子的村路
望了望跛脚的星空,甩红缨的玉米
在广阔的田野上,呼救并瞭望
百里之外,移动的亮灯的车窗。

2002 年 9 月

7. 早读

街道上流淌的积雨
孩子们轻快地踩着

他们在屋檐下疾走
或与我擦身而过

早春朦胧的腰身
渐渐显出轮廓

她扭头从伞下看我
像看亨伯特

2003年3月14日晨,雨中

俯瞰花盆

一群小马齿苋
在张口喊爸爸
个儿最高的
张开难看的臂膀

在山冈起伏的丘地
马齿苋组成密林
它看见一个怪人
从空中俯瞰蚂蚁

干枯的丘岭谷地
布满巨石般的沙粒
空中那一团阴云
猛打一个喷嚏

2003 年 5 月 13 日午后

短诗三首

1. 北窗

钉纱窗的手,捏不住
锤子和图钉,新纱窗
的午夜,过滤,丑陋
将蛙鸣细分成
一千只蛙鸣,给我鼓舞
但又不让我欢呼
只允许:用头顶的
眼睛看,和听
一列快车在午夜滑行

2003 年 5 月 28 日夜

2. 遇见卢梭那天

顺手将喝光的
香槟酒瓶,搁在
道旁的杂草丛
摇晃的大瓦房
窗玻璃,捕捉到

我们弯腰的一瞬
近午阳光直射
在背上，后脑勺上
永久自行车驮着我
驶过布满爆破坑
的土坎，像一片树叶
飘过分洪闸
幽静的左转弯
傍着小山村，扑入
眼帘的兵工厂
闪着怪异的
光芒，我失望地
站在《忏悔录》
卖完的小书店
门外，栗树叶
染绿的小溪倒映
十七岁的脸，整整
一天，在谈未来
和梦想，隐居的
乐趣，你比我
提前品尝，傍晚
我们用桐木杆
划出水湾
冲着宽阔的水域
大声呼喊

2003 年 5 月 30 日夜

3. 南窗

回过神
窗户显得陌生
余光外,传来
麻雀的叫声
你放下手里的书本
望着南窗发愣
因为你真的不懂
时光午后的命名

2003 年 6 月 4 日下午

灰　雀

大雨前的下午
按理说不该沉默
邻居的臭椿树旁
蛋黄在模仿月亮
黏糊糊的沙发
比我还要苦闷
手捧汗湿的额头
想起办公室主任
他经常头痛的形象
真想从脑门里拍出
结果惊飞了
无花果树上的灰雀
它直射向山楂树的影子
像迅速收缩的绳索

2003年6月9日下午

雨中纪事

他不敢去看她。怕
她慌乱,失眠,不安心
频繁地照镜,我
皱纹。煮糊了意外
盛开的米饭。续柴时
把自己的手臂当木棍
她的讯号微弱了,因为
他从不给她打电话
写信。总是在雨天
想着她出神:院子
太憋闷啦。
唉
他的名——敞开吧
敞开自身,别惦记
噢,不,不成
他得趁雨天,趁午睡
的关键时刻,开溜——
寻最陌生的巷子走
找生硬的地点落脚

2003 年 7 月 3 日夜

影评人

黑是最酷的
他靠着《看电影》的栏杆说
颜色。
数着好莱坞
上空的星。栅栏
和插曲上的霜,秘密
围住房间。笔
躺在梦幻旁。白色
的键盘,自动跳起舞蹈
他简直吓坏了。他想起
希区柯克,拼命向湖心亭跑
悬念
在后边追他
雪花被湖水吞掉

2003 年 8 月 31 日夜

雪　蛾
——九月九日寄张杰

罗羽喊冷的时候
你拍掉我肩头的雪
火炉旁的雪夜，陪着
我们说话。你又喝多啦
你忧郁地提醒我
说我疯疯癫癫地
拍遍了沿街饭店的门
喊着过什么年，诗人们要吃饭
雪下得越来越大了
直往三轮车内灌
我望着路灯下的雪
仿佛纷纷坠落的蛾

2003 年重阳节

屋顶散步

我刚到屋顶走了一趟
在上边待了一段时间
我走来走去地想着心事
光膀子轻擦着阴凉的空气

早睡的村子躺在树下
亮灯的火车从村后驶过
最亮的车厢一定是餐车
我望着的地方又剩下空虚

银河的流淌没有声音
依然在星空下下着残棋
卫星拍着照逃向天边
把大地的图像传回

2003 年 9 月 24 日夜

写　生

风吹响后窗松动的玻璃
黄叶旋转着坠落
窗帘上有鸟影掠过，桌上的
尘埃似乎又飞起来了
剥碎的石榴皮堆在屋角
菊努起嘴，等着谁逗她一笑

2003 年 10 月 22 日

晚　秋

天黑前,我会把落叶
拢在一起,趁风累了
紧靠在村外的
最后一排人家的后墙上

下午,它几次
推开没有插销的玻璃窗
和窗帘,想盗打电话
弄得我心慌

现在,我挥舞扫帚
绕过满地落叶的无花果树
靠近了狗和厨房
又一片木叶掉在地上

2003 年 10 月 26 日夜记

立冬记事

把菊花移向窗台
忘了做过的梦

立冬后的初雪
差点将眼睛迷住

呆望纷飞的雪花
以为是落叶

站在生锈的门旁
一个劲儿地发愣

踩平湿地上的脚印
看榆杨疾风劲吹

借一盆雨水为镜
照见我和山楂树的幻象

2003 年 11 月 10 日夜

无 题

盯着树上谈情说爱的鸟
我的头发热,肚子咕咕直叫
丢掉泥人
我爬到木工房边的树上
躲藏,我看见行军的蚂蚁
翻砂车间的破窗,李厂长
拖着他低矮的影子
走过树下,绕过黑煤堆
向春光下的厕所走去
透视槐树叶子碧绿的指纹

2003 年 10 月 12 日

地上的窗影

假如在梦里,我肯定会
把地上的窗影扶起
请它回到墙上
不担心挡住月亮

我会把飞掠的鸟影稳住
稳在窗帘上的竹林
无论怎么飞
也飞不出我的梦境

我会像记住
我的前妻那样
劝风不要吹乱
弱不禁风的心灵

2003 年 11 月 11 日,鲁山

沙河之夜（一）

两个穿渔裤的人
在夜幕下蹚水
横扫水草蔓延的河汊
身影像是探雷

背上发出怪音
灯光晃在河面
轻舔水下的流沙
抚摸汩汩响的波纹

我从踏石上跳过
踩滑险些跌倒
一束微黄的车灯
数着远处的桥栏

2003 年 11 月 12 日夜

在屋顶

摩托驶过小石桥后
那里又暗了下来,暂时
没人走过。那人
骑过小石桥时,究竟
有什么感受?桥上
的脚印,自行车印,三轮
印,鸡或猪、狗、鸭
的脚印,一定更乱了
增加了一些新的
更古怪的花纹。
象征,甚至意味
桥洞下,黑乎乎的
冻土层里
那些冬眠的蛙
也不认识,那人
脸,模糊不清
总爱隐姓埋名,即使
脱光了外衣的白杨
恐怕也不好意思打听
窥探他的梦……
那人现在跑到哪儿啦
遇见哪几个我不认识的人?

2003 年 11 月 20 日夜草

榆树下的眺望

暮色中,它又要变成猎人了
守望在我家院子上空,星星
闪烁,猎犬躲在身后,探头
嗅:冷空气的湿度。我不亮灯
独坐在渐渐黑起来的屋檐下
默想着欧姬芙那株
星光灿烂的劳伦斯树
几年前的夏夜,在屋顶上
它看上去多么像我呵,骑着
那辆黑旧的永久牌自行车
带着后座上,抱着儿子的她

2003 年 11 月 23 日夜

序　曲

滴水的黑衣，躲避
光芒。空调的蜂巢，紧扣在
反光的绝壁。泡桐挥舞
青灰色手掌，隐形的红喇叭
珍藏在散开的指内
带哨子的风在演奏一支序曲
吹奏新春的工作，它暂时
还不胜任。下一场大雪吧
这样，记忆才能刷新。想起
不久前从巴黎归来的诗人
她走过披雪的泡桐
和法桐，拐过街角时
轻咳了一声，拢拢厚厚的披巾

2003 年 12 月 18 日，郑州

车过许昌

> 地点是一种情感。
> ——尤·韦尔蒂

我不允许自己再伤心。因此,
没有想起 20 年前,在这里,写下的
一篇篇失恋日记。许昌,无论
作为一个地名,还是一个词语,包括
它的发音,对我个人而言,一直是个禁忌
这座面目全非的小城,早已把我忘了
它所能记住的,只是一个个轮回

2003 年

祝 福
——赠一位无名的发廊妹

让头发也过个年
请把这句话写在
红绸子织就的横幅上边
挂在离我不远的
小燕子的门楣

让头发也过个年
希望这句话,也
传递到其他的耳朵
并区别于
众女儿身萌生的梦

让头发也过个年
让所有的心,请月光
下的你,洗一洗。由于
脱口而出的这句话
你今生注定是个幸福的人。

2004年1月9日,洛阳

瀍河区

你不去救援
趴在路基上
哭号的幼童
不表明你心狠

焦枝线经过
洛阳时,与陇海
铁路亲吻,形成一把
曲线柔和的吉他

一列黑皮货车
弹奏过后,琴弦
被弹得更亮;房屋低声下气
像过时的勃拉姆斯

流浪汉经过一排
无名坟墓,默数
水泥轨枕;民工挥镐
吃力地啃噬三七灰土

涵洞口冒出清真寺
灰蒙蒙的小白帽;推土机

正号叫着推翻
门窗空洞的民居

扬起的尘埃
比心还固执
蓝色翻斗车
搬运
土、垃圾、抬高塔西

打扮一新的女招待
低唤月亮,若有所失地
走过东花坛:瞥见
坐在老板腿上的牡丹

2004年1月9日夜,洛阳

邂逅相逢

> 有生之年,或余生
> 我将唱着歌儿,流浪
> 到西藏,或印第安人保护区
> ——题记

刚走过王城公园
西门,就看见她和她
出现在涧河桥桥头
穿着古怪,手握
令我眼馋的佩刀,像
野蛮的男人,在荒野散步
身背刷白的牛头骨
无视擦肩而过的行人
在桥头的卦摊前停步
我走过去,转念,又折回
扫一眼地上的阴阳,然后
朝她望去——
仿佛是感应,或神灵的奇迹!
她那张异族少女成熟的脸
猛然转过来,冲我
一笑,发出一声欢呼的"咦"

我知道,她认出了一位
比算命先生更有意思的中国诗人

2004年1月14日——15日午夜,洛阳

恶风追记

昨夜在床上,听半夜
恶风狂号。意象,词语,狰狞的
幻象,在狂风包围的脑海中横飞
临睡前,吃的凉皮冻也在作怪
碎冰块似乎堵塞着我的胃
只好不停地打嗝,放松自己
巴望循环的血液快把我暖热
然后,再由我暖热
隔着毛衣、毛裤的冷被窝
不会响的东西,也在屋子周围
乱响。废塑料袋,像
衣着单薄的穷亲戚,猛扑向窗户
模仿一只攀爬夜盗的夜行鸟
不断传来玻璃的碎裂声
谁家的铁门没有闭紧,令人诅咒地
哐哐到天亮。爆竹屑
全躲在门旁的墙角、阴沟内
一只无主的臭鞋垫,端坐于台阶

2004 年 1 月 23 日午后,洛阳

游子吟

咬紧牙关,学会对命运忍让
寒冷的夜晚,不必
将自己燃尽。亲人也在家中想你
不理解,你为何突然
沉默,杳无音讯
他们怀念与你一起度过的日子
但世界遥远,星光灿烂
隐约传来大地的叹息

2004年1月24日凌晨,洛阳

新　月

月牙儿躲闪在槐豆树间
我的三个影子伴我同行

擦肩而过的男孩肯定在看我
转身发现他正扭过头去

夜行火车从涵洞上驶过
有人在亮灯的车窗后数着星星

走到街口分手的地点又站了一会儿
眼前浮现出儿子的话语和面孔

谁在帆布后与我争夺一块怀表
往梦里寄信的会不会是同一个人？

2004 年 1 月 25 日夜，洛阳

花　生

在雪白的沙堤上，捡拾
花生。母亲捡来的
个头比我的大。有的像
长形的卵石，有的像炮弹
仿佛像当年挑选我父亲
她和我儿子，坐在花生旁歇息
我怀疑这些花生
是特意为我准备。他们
笑着看我，不肯跟我说话
梦中刺目的沙滩
白得睁不开眼

2004 年 1 月 26 日下午，洛阳

为冯蝶生日而作

你挪动一双小腿
试探着向我走来
我唤着你的乳名
拍着年轻的手掌

我在你两米外的前方蹲着
拿一颗绿玻璃弹球
我把它放在地上
引诱你学步

踢开粗糙的石块
免得你弯下身捡它
盯着反光的弹珠
你离我越来越近

刚开始的这段路程
对你是最初的历险
你清澈如山泉的眼睛
还没有蒙上阴影

转眼你走到了
你的第十七个年头

而在路上的感受
已区别于你的同龄

你小腿长长了
变成了英俊早熟的少年
走路若有所思
但步子快而坚定

空气在为你让路
发出吹哨的调声
而我却慢了下来
落在你的身后

2004年1月29日夜,洛阳启明路

陌生人

从你的眼睛里
我认出自己的身影
它渺小得像只蚂蚁
还有点微微变形

我没有转身走开
也不打算伫立
我只是对这件事着迷
怎么会站在你的窗内

说你是一间房子
显得过于夸张
但在对视的瞬间
缩小了多少时空?

2004年1月30日午后,洛阳

小巷望月

隔窗迎月光,故意
不拉上窗帘。腿乏了
脚也懒,请月光替我
收拾书桌。表现自我
的老娘儿们,终于不再开口
说话,或扯着嗓门喊
孩儿的乳名。这使我
较为心安,想为她
发表一篇新春的祝愿
千里的月光,说实话,也
真经得起世人的仰看
望月的人,各有各自的
小小的忧伤。或喝多了
或暂时忘了阿訇
墓畔的教诲和劝慰
或趁着月光
的清辉,写一封过时的情书
请月亮邮电所代转

2004年2月7日夜,洛阳

迎春花

认出你,我有些意外
只有我听见谁大声喊你的名
恍惚间,我回到了
那个遥远的星期天
一列轻快的火车,正在
轻快地分开暖风吹拂的青麦
我躺在头戴花冠的墓地
晒太阳,晒得昏昏欲睡
手握那把早已丢失了的
挖野菜的铜铲
等围墙内的母亲下班

2004年3月2日午夜,洛阳

挖掘机

它蹲在洛河滩上
固执、怪异,还有点慵懒
长长的手臂、身躯,油着
黄漆,像一只独臂螳螂
我发现它时,它正机械地
转身,放屁,把独臂
插入浑黄的水底捉鱼。
浑身颤抖;却捞出
一大把青褐色鹅卵(而这
正是它的目的)湿淋淋地
愣头愣脑地淌着水。看
也不看,使它闪烁不定的暖阳
扭动着戴玻璃面具的头
短脖子,转过身去
但不知哪根神经还是松了劲儿
满把的鹅卵石,哗地
全部漏到屁股
冲着河流的脏蓝色翻斗车内
吓得野鸭惊叫着飞起
没有沙,没有树林
只有挖掘机旁的皱纹,含着泪

2004年3月4日,洛阳

周末的傍晚

"我觉着我在做梦……"
——冯蝶

分手后跨过马路,我走到
洛川桥上。倾斜的柱灯亮了
而月亮正在爬高,似乎
一只银托盘,悄悄从橘子旁挪开

我没有过多分心。甚至无视
轰鸣着上坡的汽车。只是忧郁地
发现,渐变的蓝色深了
远方西南一带,黛色看上去微暖

楼顶与天际之间,有一抹潦草的
灰白。往上是灰蓝、浅蓝、暗蓝
黄昏星亮成焦点。而天边
消失的灰白,我认为就是忘川

2004年3月5日深夜,洛阳

我的女儿女婿

> 女儿是情种,而我
> 是她的穷父亲
> ——题记

午夜,一对小情人,哭得很伤心。
小伙子喝醉了,甩门,楼上楼下地跑。
呕吐,几次在出租屋扑倒。
躺在黑暗中,我感到很难过。
隔壁正演出的一幕,我当年
也是主角。俩人搬来不久。她来租房时
我正闷头写稿。打发
我生命的午后。门虽说敞开着
但顾不着抬头看她。夜幕降临后
她领着他来了,似乎还摸错了
一段月色下的路。
俩人有说有笑,俩人
真让人羡慕!在熄灯下
听月光撞击河床,叭叭地闪烁波浪

2004年3月8日下午,洛阳

猎梦人

草尖上沾着月光

露珠儿,"扑塔"一声坠落
像逃出春夜的囚徒

总之,不像是我。在
丧失方位感的梦境

我只是慌不择路

2004 年 3 月 11 日傍晚、洛阳

带铁栏杆的走廊

你瞥见我晒皱的皮鞋
暖阳从黑面上偏移时
想了些什么?你甚至知道
已被阴影笼罩的领子
镶有白边的黑内衣
也是我的。一小时前
我看见你,坐在紧闭的木门
铝合金推拉窗后,偷听我
上下楼梯。在卫生间洗脸池旁
拧大水龙头,欣赏小瀑布
漫过塑料盆潭,哼唱着自编的歌
漫上房东的二楼,带铁栏杆的走廊
使劲儿甩,藏在衣服里的水珠

2004 年 4 月 1 日下午,洛阳

怪梦录

打着盹,冷冷地守着兔窝
没有天使来打扰,也没有
客人,千里迢迢造访
头昏昏沉沉。头昏昏沉沉
整个下午,独自跟跌伤的左膀
的后遗症——偏头痛拥抱!
锁上乳黄色油漆的大门
扣紧铝合金推拉窗的铁皮搭扣
但还是感觉冷。还是挡不住
巷子口女人的怪叫。那是个
卖摊食的妇女,想把
烙饼少女的工钱赖掉
她绕口令般的理由
催眠我做了一个怪梦:我推
着一辆单轮车,想试着骑到街口
听见墙体内,射钉枪嘭的一声

2004 年 4 月 3 日晚,洛阳

老酒鬼

我走过定鼎路酒吧
忍不住瞥了一眼
我迷上了门楣上的霓虹
还嗅到一缕酒香
悄悄挤出门缝
往冬夜的大街飘散
我甚至在一瞥的瞬间
放慢了行走的速度
我甚至已经看见
我端坐在可以旋转的
火狐狸色的吧凳上
俯向镶镜子的吧台
端详着镜中那位
披头散发的熟悉的老酒鬼
直喝到酒吧打烊
掏不出一分钱来

2004 年 4 月 3 日夜,洛阳

凯旋路

走在凯旋路。走在
塞满轿车、自行车、摩托
和店铺的边道。胃里
只有水,右手还紧握着半瓶
是我从洗脸间接的
头有点晕,没有
胜利的感觉。只是一味地走
向东,趁历来就自大
的洛阳,还没有真正开始
狂欢的夜生活,而我
还没有幸运地扑倒在故都
这条让人想起巴黎的大街上
嘴啃野蜂蜜,赶回出租屋
纷飞的柳絮少了。雪,早已厌倦
下够。牡丹冒起了她招人的小火苗
但迫不及待的人群,已提前
堵塞了,安利大楼
黑乎乎、宽敞的门洞

2004 年 4 月 3 日零点 36 分,洛阳

月夜街车
——给永伟

那么白,飘移在
橙黄的工艺美术馆上空
刚掠过涧河。用
平行的圆、直线,拉成
假想的椭圆,夜蓝色的平面
请我们分享数秒
不约而同惊呼出来的时间
点彩画派的树
还在路灯下跳动
数万个不重色的绿亮点闪烁
在橘子红中!仿佛
虚幻的肯定。我们隔窗望着
伴街车同行的月轮
似乎仍站在街头,在月下
的鲁山漫步,呼吸着
洛阳的春风

2004 年 4 月 7 日,洛阳

浪　子

细雨落在山楂树上
山楂花的眼睛
在灯影里眨巴
我家的小院认出我了
狗耳朵贴在地上
戴着听诊器
我的脚步声近时
它停止低吠
父亲从屋内出来
走到阳光里

2004 年 4 月 8 日—9 日，鲁山

零度狂想

给洛阳谱曲
的念头,从未有过
晚祷的月光
沿铁轨漫步时
我被火车颠覆了
一分钟,有点儿
想写它,它却放过了我
流放我去守望
路基下的菜地
证实我无用,也不配
跟卡夫卡饶舌,用闷罐子
车,运载伪耗子民族
听塞壬,或约瑟芬唱
一支胡编乱造的歌
有一阵,也就是
那一分钟,一秒
我用手代替棉花
捂住吼叫不已的耳朵
默祷——
给动词一天安稳
请名词去度假村

2004 年 4 月 16 日夜,洛阳

只因为我们穷

跳街舞的女孩
推销化妆品时,我
的鼻子酸了,泪水
涌出眼眶

我的兄妹们,开始在天桥下
争抢抛下的牙膏
电话打过去了
对方在郑州:总之
不开心,玩得不快活,你呢?

泪珠儿滚动着街景旁的绿色

2004 年 4 月 24 日夜,洛阳

洛水边

我爱这片以逸待劳的水域
防波堤下,捉蝌蚪的小学生
扶着水柳拉屎的笨男孩
走近他,递手纸的袭人

或惜春——天地厨房间
挽袖子,看钓鱼的表妹
风在替情侣们抒情
散步的三个少年手牵风筝

2004 年 5 月 1 日下午,洛阳

挽 春

滚空酒瓶，主要是想压抑
启明路上的轰鸣，替梦
抗议：扭曲的车辊辘梦
24 小时，它们的以动制静
伪速度，冷，裹住
新居花线上的苍蝇；跳楼
大甩卖、降价的春风
失去的记忆和安宁，付出
过分代价的一生……以及
总想逃避的韵，她
支离破碎的笑声，吐
蛇信的梦境，熙春美容院
这言辞中的一系列碎片
啃脚丫子的小鱼儿，不再
爱我的桐花岭，让我瞥见
满载着杜康的月亮
滑行在伊洛上空

2004 年 5 月 7 日午夜，洛阳

白　蛾
——给怀金

洛水边，我滑了一跤
跌进了河里
裤子全湿了，屁股
爱上了泥，暂时结为夫妻
好在没惊跑鱼，钓鱼的
浑然不觉。一门的心思
全在水肚子里，看红线虫吃鱼
这是个好日子，我边脱裤子
边洗着裤子说。难道
你忘了？咱们
一路上，在九都路
遍地见喜。巴掌大的
剪纸红双喜，我曾弯腰
捡了一个，不带脚印的
凝望着穿婚纱的白蛾
恩爱的一家人

2004 年 5 月 9 日午夜，洛阳

小　满

从行驶的火车到我
汽笛声得通过
一片此起彼伏的蛙鸣
编织成的雾。那熟悉的
进站的长鸣,穿越小满的麦田
重新找到了自我。它知道
今夜我呆在家里,睡在
木床上,梦还没有牵走
于是那熟悉的进站的长鸣
客气地打着招呼
向水塘的哨兵致敬
轻快地经过耳朵
照亮四十一年长的隧道
回答群蛙的口令

2004 年 5 月 20 日午夜,鲁山

整 理

整理旧作
就是整理我的心
走调的单音口琴
笨拙的乡下女孩描眉
或让风一口气吹飞
胡涂乱抹的口红
从低音、中音、高音
我重新试着呼吸
嘴唇轻轻含着
口琴清凉的嘴
像初恋那阵儿

2004年5月24日午夜,鲁山

飞　雀

把瞬间拉成虚线
无数个飞行的点
仿佛一幅幅快照
飞过广重的茅屋

晚唐春雨的底片
只是其中的一件
翅膀带风的显影
刚从水池挣脱

而在眼球追踪的空间
它几乎像是没动
像是一枚鞋钉
钉在宣纸色的空中

2004年5月26日夜，鲁山

涧河以东

雨把凯旋路下成了河。失踪
的她,在伞与伞之间出没
大雨忙着给公交公司洗车,红色
出租,犁开湿热的水花

免费的朱红大门,下一站是幻影
或者是涧河以东的东
游山的小妓。来自印度
的石片,深埋在古鹤意识里

垂柳惊慌地躲,失控的
积雨云。特号的莲花喷头
冲洗着头皮屑,倒影的愁容
以及,开发区飘来的烟囱

2004 年 8 月 8 日下午,鲁山

暮 色

在墙与书页之间
我斗不过我的梦幻
解体的一家人
聚合在春天旁边

她敲惯打字机的手
伸向金盏花
蹲在蚂蚁洞旁的儿子
望着她出神

记忆填不平的沟，定格
在青麦装饰的小径
傍晚去父母家的路上
跟着快破产的厂

2004 年 8 月 10 日，鲁山

秋之祭

1. 秋光

想关停扑棱棱旋转的
吊扇,却懒得动

转过脸,它从枝叶间
猛地刺我一眼。把秋光

涂抹在树冠、树丫上
点燃了山楂灯笼

茂密的、它猜不透的
无花果树下,狗睡着了

侧躺在地上——拉直锁链
为了在夜晚,更忠诚的值班

啊,我是说整整一天
它照耀气流,呵护着

云团,将裂痕缝合

驱散。露出暗恋的蓝天

2004年8月28日下午,鲁山

2. 秋

落叶重返树冠的途中
倒旋着上升,脉脉含情

雨滴紧缩一下,收回
喊声时,分量突然减轻

然后我看见:我在后退
后退,飞掠过同桌的女生

跌落在试验田边,像正午
的稻草人。姐姐找到了我们

我找到了漆黑的梦
变形的星空下的迷宫

2004年8月29日上午,鲁山

3. 蟋蟀之歌

树的剪影,叠印在

歪斜、暗灰色的天幕上

我深一脚，浅一脚地踩着
那些轻盈、深奥的凉
给蟋蟀打着节拍

打开吧，封闭的月亮的小圆窗
睡吧。无梦无思想

2004年8月29日深夜，鲁山

4. 秋之祭

独自在核桃园①喝酒
心慢慢平静。又一次
清晰地看见了事物
小小的自我。几乎
每个树杈间，都有一盏灯
广场上，露天舞厅的老歌
调节着灯影里的神经

开始还疑心谁在树冠上
踩着舞步走。飘落

---

① 核桃园：在今洛阳市东花坛启明南路与洛界高速交叉口。原为省林业学校植物园的一部分，后成为塔西清真寺菜市场。2004年春改建为休闲广场，核桃园被保护。

在地上,才发现是雨滴
应验了今晨梦中的洪水
惊恐中的镇定,绝望的表弟
是啊,余生,何处是归宿?
干枯的核桃皮砸在我脚上。

2004 年 9 月 13 日夜,洛阳

农　场

月亮从水塘鹅眼里滑过
它的隐喻是：我乃光阴的走狗
澄金子的技师把自己倒挂在树上
少妇蹲在地里用镰刀画减号

劳改队长长的影子从大地上消失了
洋槐透明的指纹摁在湛蓝的窗口
啊，这一带就是我看伞兵跳伞的地方！
白色的沙滩落满裹空气的床罩

2004 年 9 月 25 日，午夜

白鹤镇

一只打着饱嗝的麻雀
落在不锈钢白鹤上。转动
绿豆似的眼珠,机灵地
瞧着北邙。热浪镶边的麦田
沿着黄河铺开。空气
嘶嘶地叫着,狼狗狂吠不已
任性的毛白杨树林
一株株跑下河堤,躲避
卡车的倒影,慌乱地
攀住桥栏。车窗外刘秀坟一晃
翻过一页野史。麦子
和八九点钟的太阳
占据着小广场。灰色的
拐尺形长街,女店主跐着鞋
测量。钻进去洛阳的中巴
流连秀色可餐的风光

2004年10月12日夜改定

诱 惑

梦境她阐释跌伤
的时刻。头上的雪,暗示
暧昧的笑,使夜晚着了魔,几乎
疯掉。怪只怪笨拙的手
蛇和井绳的传说

她的每幅画画的
都是自我。另一个她,潜
意识中,喜欢扮演的角色,游动
在水草、马鬃、漂亮
母马的臀部。睡就是睡着

就是看见了我,包裹,黑
亮的自行车。免费的晚餐
代价是昂贵的。——用分离拿走时空吧
她说,用梦替代网络
并放弃人间的诉讼

2004 年 10 月 20 日

少年时代的父亲

鸡叫头遍后,父亲
已经出城。走到沙河时
在月下迷了路。嘎嘎
的两声雁叫,惊得他
心跳快了,紧接着数百只
大雁,嘎嘎得他慌不择路
他在朦胧的河床上乱走
无心听汩汩的水声
流淌的月光的碎银,使他
慢慢平静。他抱着
沉甸甸的鞋钉,想念
打铁炉旁的父亲,顺河风
在耳边低啸,月亮下落到
上游。他恍惚起得早了
那是他第一次送货,直到天光
微亮,才瞅见河南岸的路影
此后一年多光景,去拐河
空旷的路上,奔波着
一个十四岁的少年
解冻冲毁了木桥
他行进在齐胸深的河心
左手抱紧鞋钉,右手推开浮冰

2004 年 11 月 8 日夜—11 月 10 日晚

日　记

我想到今天的背面去
看看今天的另一面

它不是昨天或明天
也不是梦的开阔地

仿佛儿时坐在露天
银幕的背面看电影

但正与反的诡秘
的把戏，谁看得清？

湖泊是白云的穿衣镜
手插在裤兜猜硬币

叶子脱落
天蔚蓝

2004 年 11 月 16 日夜

人类残篇

很多人把理想
变成了手段。价值
就是把一生提前兑换
成现金。遨游
在精神之国的几乎
全是穷光蛋
人类反复论证
活着
就应该像动物

2004 年 11 月 16 日夜

修辞练习

断,颜色淡,这可不像我
惯用的手段。可恨的韵
嗯,可恨。说明我心里歌要唱
唱悲愁的歌,也选不入《诗经》
教授的批评刺耳,但中肯
消灭切割机的办法是
先找到发明者。唉,为时晚矣
此乃此生难以修复的裂痕
俱往矣,也就此作罢
战无不胜的国家机器且持续,持续,
我总不能老是在
忘怀方言的地方
搜寻失散多年的情人

2004年11月19日,洛阳街头

流连阁
　　——赠白地

一束电话铃声后面
躲闪着旧梦的脸

咏紫菊的诗
仅写了一半

躺在初冬的臂弯里
也会受伤。这次

依然是湖泊与山冈
被怀旧心击中鼻梁

怀揣着小小的心脏
回家乡,一路走好

亲爱的月亮。走在
辽阔的中原和南方

直到地平线升起
真爱的曙光:海盐

耀眼的屋顶上
红色的波浪

2004年11月29日夜，2005年1月25日改定

咏紫菊

电话铃声响起时，我正在
赏菊。默数盛开的
未绽的花蕾，吟出了第一句
窗台上站着十二个
穿紫衣的妹妹。然后
找到了纸片和铅笔，而非
勃洛克的巡逻队。老父

是怎么抱她们上窗台的？
在工厂干一辈子了，他
确实还剩点力，并且
越来越讨厌动物和机器。把家
小院子，变成了植物园、菜地
无花果、石榴、葡萄，以及山楂
是我和母亲最爱吃的。我

的胃、相貌都随她（刚强的
老人家）水果与乡野赋予她的大
眼睛、双眼皮，被不会赚钱的
长子继承了，攀缘在
树上的男爵发现
秋光下成熟的果树

除了夕阳,还点缀着

暖烘烘的麻雀屎、鸽粪
谁的蜜蜂也喜欢
成群结队,选择春天
来我家采蜜;菊,茑萝
凤仙,串串红,白山楂花
和月季,是我父亲
每天访谈的邻居。至于

藏铁的菠菜,适合
冬贮冬吃的萝卜,播种前
就养成了他的性格
既受时间、历史的局限
又受地域、气候
和情感的支配,包括
土壤中潜在的梦幻

制造我这个长子时,家族
的冲动。为了子孙,他甚至
在晚年种过西瓜、甘蔗、
向日葵;他是八级钳工,没
上过一天学,当过厂党委委员
副厂长。但多少年过去了
机器仍然怕听他咳嗽

2004年11月26日—12月2日夜

晒太阳
——为41岁生日而作

把那句话抹掉
四肢热起来了
额头有点湿,鼻尖上
露珠闪烁。狗
匍匐到我眼球上打盹
菊陪伴着蜂眼里的中午
袖珍版的冬日,终于
登上了今天的排行榜
世界各地,人们分享着
不花钱的温暖。蓝
天下,状态多好哇
愿如此度过余生

2004年12月7日

神圣的工作
——纪念 41 岁生日

一日将尽,开始
读傍晚这部书。归雀
啁啾着,给晚霞配音
飞鸟的影子掠过
随气流飘移的彩云
此情景给多少艺术家
带去灵感!神圣的工作
只是将大自然照搬
通向天堂的捷径,也许
存在于瞬息万变的
壮观;活着才拥有
人间这个视点

2004 年 12 月 9 日夜

局　限

褪色的红缎面被
鸡鸣。母亲在冬夜操劳
锅碗磕碰的声音。转眼
就会忘掉。火车舒缓的长笛
也会从田野上消失。温暖的
这一刻，已汇入时光的波涛！
此乃今生今世的局限：
我度过了精神漂泊的岁月

2004 年 12 月 19 日夜

雪　花

我发梢上的这片雪花
你为什么偏偏漂泊到我家？
跑了那么远灰暗的路
仅仅是：让我在灯下看你融化？

你晶莹的六角多么匀称！
像靠岸的船舵厌倦了回旋
变成一粒透明的水珠
顽皮地诱我写诗给你

明年你会不会变回雪花？
另选个地点与我约会
如果你是雪花的姐姐
我会像爱你爱那些妹妹

2004 年 12 月 20 日夜

雪

结束一年,用这么多雪
忙得火车,夜深了还往南方运
雪花大得覆盖了北方
中原的河流也被雪填平
雪封的城乡在白雪下睡了
村落泄露出一丝灯光
大雪天,三只结伴出来觅食的麻雀
去了哪里?下午
它们曾飞到我家厨房檐下
一段冻僵的电话线上。
盯着我和弟弟。这时
母亲走过来,往走廊上
撒了把玉米糁,冲着小麻雀说
来,吃吧,吃吧……

2004 年 12 月 21 日深夜

老电影

永生的战士

下雪天,独自在室内踱步
想起上小学时,学校包场
看的朝鲜电影。《永生的战士》
对,就是这个片名。宽银幕上
也是冬天,雪花纷纷
飘向一座山洞。那个形象
高大的朝鲜英雄,衣衫单薄
戴着镣铐,总是冗长、坚定地
在洞里走着,占据了鲁山县
人民影院的四分之一。为了不
供出游击队的秘密,他咬破舌头
炸毁了山洞,与美国鬼子
同归于尽。同学魏红欣感到气愤
掏出从剧院偷来的手枪
其中有一个雪山起伏的大
全景,雄壮抒情的插曲中
雪纷纷扬扬。豪迈
的独白,回荡在七十年代
的早晨,震颤着

我们屁股下乒乓直响的翻板椅

2004 年 12 月 22 日傍晚

野火春风斗古城

迷上王晓棠,正在
上初一。家搬到了城外
东郊的化肥厂。尽管
离电影院远了,但还是
老往那儿跑,误以为
王心刚,跟她是夫妻。李英儒
的银环,五年级开始暗恋
我身在家属院,心却在保定
直到从印有插曲的
黑白画片上
发现我的偶像:看完
下午场,又买票看夜场

2004 年 12 月 29 日凌晨

流浪者

陈兄一边走,一边练
飞刀。嘴里嘟嘟囔囔地
唱着拉兹之歌

我和肖跟他并肩走着
走在林荫大道（即现在
的花园路），他在粗壮的
毛白杨树干上，刻下
我们三个人的姓，然后到安徽
石台当兵去了。肖则于
第二年驻扎到黄河北岸
浮土包围的兵营。石台太远了
即使在地图上，但我写下
的信，总能翻山越岭
他回信写的"白勺"的
老是惹我发笑，仿佛
炊事班的勺子，被他多扭了
个弯。死去母亲的照片
他一直揣在怀里

2004 年 12 月 29 日凌晨

平原游击队

这是在父母怀里
看的电影。
"把吊桥放下来！"
记得最清晰
鬼子进村的音乐
还在我脑海回响

但不知是否
遗传到儿子体内
或构成
一个集体的基因
尽管没出生
在抗日的年代
但奇怪的
三次在梦境
与日本兵遭遇

2005 年 1 月 14 日午夜

火红的年代

谁还记得赵四海
那个于洋饰演
的炼钢工人?
他的豪言壮语,曾
听得我目瞪口呆
患上了头疼病
许久说不出话来
日日夜夜,人们拥挤在
电影院门外,为了一睹
烧不烂银幕的钢花
不知看多少遍了,但
晚饭后,还是往人缝里钻

不是翻墙、爬电杆

(后来电杆上长满铁钉

变成了直立的刺猬)

就是拽住

陌生的大人的衣襟

仰着脸喊

叔叔,带我进去吧

2005 年 1 月 14 日午夜

奇袭

头抵着头,我们在五金厂墙外

安放火药包。点燃纸捻子

炸玉米秆扎的卡滨桥

望着对方熏黑的脸,傻笑

到了夜晚,则站在原地

列队,练习匍匐前进和卧倒

这自发的军训,令我们着迷

打发着学龄前,月明星稀的时间

头顶飞着废纸包的土手雷

和烟幕弹,与假想敌的冷战

没完没了。浮土弥漫,

翻过菜园,四街的孩子们

险些攻进家属院。有一阵

又像抱头鼠窜的侵略者

被赶过土街的界线
而我们则利用春风吹拂的
星期天，胳膊上
扎着红袖标，猫腰穿插在
青麦连着青麦的西城外

2005年1月18日中午

冷

陪冷说句话
冷没有家。蹲在街上
挤进别人家的门缝
把主人赶到被窝
脸贴着绣花枕头
但它还是冷,冷得
浑身发抖,遇水就抱紧
光膀,坐在冰上发愣

窗外雪花飞舞,冷想
冷为什么人人都躲呢
树心里怎么想的?蛇这家伙
死而不僵,比冷还聪明
冷无法打扰它复活的春梦
冷只顾冷吧,冷说不定
是个好孩子呢。冷酷
充当热情妹妹的先锋

2005年1月19日早晨

晚年的父母

我观察天象与山楂树时
父母在嘀咕,在议论我
父亲说:看,吃饱了
只会在院子里瞎转;而做
针线活的母亲,则头也不抬地
回答说:你想的,跟他想的
不一样;然后故意转换了话题
引导着他走。在我记忆中
实际上一直是这样
耿直的没上过学的父亲
需要我母亲支撑,适当地
给他一点小打击。让他
不要太任性,越来越像个幼童
是啊,父亲说得没错
他们的言行不断地教训我
怎样做人,活着:不该
总是迷恋山楂树的疤痕

2005 年 2 月 3 日午夜

冬眠时期的爱情

雪夜我查到你的号码
两次摁错：免提和重拨
(应该按回拨的)
我犹豫着，想改变什么
站在母亲室内，电话机旁
凝望着几百里外，白雪
覆盖的出租屋。你相信
一见钟情这个爱情神话吗
太浪漫了，让我不敢正视
很害怕。怕它的结果会毁了各自
本不健全的生存。我不是
情场老手，也非轻浮
子弟，尽管我爱过
别的女人，有过婚史
和一个像你一样，童年时
就心碎的儿子。他很懂事
已在苦难中长大成人
性情如我，也似你
去年还劝我找个伴，别苦了自己

2005年2月8日夜

雨　水

父亲说：从此
天开始暖和了
将不再下雪。但
倒春寒的风
却刮起来了
阳光显得微弱
儿子推开我
亲自洗衣服
天黑晚饭后，又
走进厨房，掏出一把
零钱说：爸
别跟我生气
过几天我就开学了
我骑车去了趟网吧
像以前，一无所获
藏起了中奖的酒
准备等家人
在吼叫的冷风中睡去
独自在月下
浇无用的长子愁

2005 年 2 月 18 日午夜
记于老父 70 大寿一星期前夕

挽　歌

月下树影偎依大地
月下，我瞥见镀月色的铁梯

星斗数颗，悄然转移
几声爆竹从屋顶上远去

新春的气息弥漫人间
元宵佳节，又将来临

这之前我见过多少月圆
像一个游魂迷失于残缺

死去的人们已成为土壤
留下他们生前的美德

不久我也将去世外旅行
谁会在月下把我追忆？

献上挽歌，洒下热泪
说我是个出色的诗人

在有限的时间里超越了自身

2005年正月十二日夜

注释，或酒精中毒症

胡扯八道的把戏
我十年前玩过
那是因为病了，对
词语敏感多疑
当时读阿胥伯莱
染上他的作风
写一首诗时，不再怕
谁来打断：也许
他（她）能治疗
长久失语的毛病
给言说多几条渠道
让意象自由纵横
布莱克说这是疯狂
海子称之为失控

2003年12月14日夜，郑州
2005年4月7日上午追记

孤 独

耀眼的荒滩上
我以为她们在赶会
一个字儿一个字儿排开
像钻木取火的猿人

我伏在篱笆上
跟最近的少妇搭话
她说进来吧,进来
帮我钻眼儿

我瞟着潮气下的监工
奇怪地缩小变大
她周围那么多眼儿
我一个人可钻不过来

离开可爱的女人
我走过霍珀画中的小屋
密林里闪烁的木棚
接近挖地的他

2005 年 4 月 12 日

自由格

窗口给月亮配上画框
吐蝌蚪的青蛙,天生
就结巴。梦中的我
剽窃了醒着的我
夜空与水洼,互为明镜
雨搭遮蔽,近视的窗
残忍的月份,患上红眼病
天光帮着刀片削着铅笔
鸡犬不宁地挺进凌晨
我一生的梦想,集中在
右手,鸟鸣义务为暮春
打工。换气的时候
多余些空行,省略
的性爱,似无必要

2005年4月25日凌晨

黄金周

黄金周要求我
写篇周记

与儿子携手攀登
梦见的山水

我不是雷克思洛思
他也不是小妓

只在我身边弹奏
蓝色幽亮的琴弦

往昔飘雪的校园
跺着冻僵的脚

爸爸你成雪人啦
他站在我日记里喊

2005年5月3日晚

老 伴

洒洒书桌
不邀灯光去舔

我惜昼夜
但它从不在乎

把我当消费者
我消费了一瞬间

头发渐渐白了
影子与我为伴

2005 年 5 月 3 日夜

苦闷的手艺

雨洗着旧砖,天灰
树暗,绿的阴险
城府很深地望着小院

菜籽儿们干渴,咧
开了嘴巴,相互攀比
绿色的手艺和手纹

谁支起耳朵,听
岁月鼓掌?日子里
又涌来一伙红石榴裙

写作就是冒险。我
决心耗费完自己,并早已
押上此生。所以

不停眨眼的水洼
会无偿地接受倒影
并制造永不厌倦的涟漪

2005 年 5 月 16 日

为自我修正

为自我修正,日积
月累的错误,需要把
自己,改建成一座教堂

放下笔或书籍,像巴赫
那样,演奏古老的琴
或干脆,演奏自己

2005 年 5 月 16 日

夜行客

我站在房顶收视月亮
省略了天线,也不麻烦
电视台和摄像。夜行
的客车轻快地掠过
百米外的乘客比树影
模糊。我相信其中
有我的读者,读到
这首诗之前他一句话不说
在明亮的车厢平静地坐着
头抵着玻璃看月下的村庄

2005 年 5 月 19 日晚

石人山

叶芝的尾巴缠绕豆架
野蜂流连糊泥的蜂房
盐拌香椿,泉煮谷类
你怀揣红豆爬上柿树

山谷合上它的画夹
月亮摸着石头去木屋看画
过河的身影风吹乱了
松涛里似乎有一百辆火车

谁能读懂潭水的日记
封面飘着黄栌和红枫
美丽的陵墓年年失盗
天堂的留言是鹰的幻听

瀑布下打坐,翻下沟底
诗人们垂钓尚未阅世的鱼
浪漫的波光批发阴阳
伤感地望着鸟与杜鹃

2005 年 5 月 20 日

飞过房顶的鹰

天黑前
它一定能赶回
深山的家中

2005年5月24日晚

八十年代的游戏机

每当我和你母亲抱着你散步
经过那里,你总是撑着身子
急欲去邮电局街边,看那台
咚咚咚咚,咚咚咚咚……响的
飘着雪花的黑白电视游戏机

一岁的你,敏感,格外好奇
已具有极强的听力、记忆力
和方位感。甚至能认出多天
前,在路旁拉屎的地方,偎
在她怀里嗯嗯地指点。令她

惊喜,抱紧你亲了又亲。回家
在我面前,一个劲儿夸你聪明
唉,那时,没有任何迹象暗示
我们三口之家的命运,竟然是
个悲剧:解体时你还未满六岁

当时应该说,我已经算个诗人
但为什么就不能预测并提前去
防备?今晚,我突然想起这些
消失的欢乐和伤痕,已弄不清

谁错,谁对。诗该负多少责任

2005年5月28日午夜至凌晨

单一的星期天

单一的星期天,其实
不需要我造访,或者去
洞见。它以不可思议
的固执,热衷重复自己
给季节以资源。辨认
歪嘴的骡马,可怕
的是老人。我用变与
不变,做回忆的脚手架

遛到梦里玩,像进
电影院。畏缩于
劳动布大衣内,看
寒冷偷一吨煤。他走到
岗楼外祷告,但还是
放跑了贼。听见说
主啊。我捂住嘴
躺在火炉旁笑

2005 年 5 月 30 日

罗兰·巴特的大街

话说过了头,只好用
发财纠正。失神于窗外
看满天的繁星。抽
二十支香烟吧,墨水
似泪滴。潜在的夜晚
的意志,使它在灯下变黑
不再着迷于革命,改行
去研究性。对情史
的想象,乱成了旧毛线
能指和残梦。乔装
成冒险家、成功的
商人。迷失在都市
用拆字作注的小巷

2005 年 6 月 1 日中午

蓝　村

看看云吧，云也没有家
孩子们跑出正午的蓝村

女孩抬腕，告诉你时间
晒麦的站前街香菜味养心

燕子俯身吻一下水洼，把
挤出街缝的杂草也收入眼底

你目送流浪汉朝镇外走去
他要到无人的地方清洗自身

2005 年 6 月 15 日

蜂　巢

描绘每片绿叶的轮廓
确诊你是个病人

那就写一首乏味的诗吧
或哼一支肉麻的情歌

每片绿叶的、每个优雅的
举止，都像是素面朝天的她

一个潜在的怨妇，单薄得
叫你心疼。一个一捅就骚乱

的蜂巢，暗藏着万千柔情
我以缪斯的名义，为她作伪证

2005 年 7 月 3 日

简约派

抛向未来的抛物线
出发。背井离乡。云豆
已吸足水分。像玩电子枪
的少年,它也变粗了嗓音

我用老办法遗忘,给
碎了的心美容。不用贴
黄瓜皮,只轻轻按摩今天
把大部分时间拒之千里之外

玩过自动写作的把戏
躺在走廊上睡。对语言
的过敏,至今心有余悸。总之
我的崩溃,迥异于别人的崩溃

家只是免费食宿的客栈
蛇游了过去。世界把我忘了
独坐在院子里走神,喝闷酒
被剥夺了猜谜的权利

2005 年 7 月 3 日

去烟台

> 报道的曲调适合于狂想。
> ——K. 伏斯勒

火车像小蜥蜴钻进山东
在微山湖畔，它的独眼
看穿夜幕，用减法
缩短行程。一束光
给鲁西南最大的镜子
镶一道边，无意间看上黎明

醒来。洗脸。日出
和老虎，先我阅尽泰山
地理学上的丘陵、石灰岩
在单程车窗，青褐色山峰之间
跳跃，低吼。是我
和白日梦，酿造的一坛老酒

全国的麦子都跑来半岛
铺陈。快醉倒了。梨
戴着安全帽和孝。莱阳
和海阳是我的

两个新情人，野鸳鸯。漂移
的红房子、麦浪，误以为法国乡村

山后边就是大海，却
看不见一滴水。一朵云
紧贴着蓝天和玻璃
为缓行的昆嵛山护航，似军舰鸟。而
与速度决赛的树，绿得已经变形
似乎，从未反对过海风

2005年7月6日中午

半　岛

靠着胶州湾，我打了几个盹
直到日光和夜色，两次把我弄醒

俯冲吻水洼的燕子，疾速地
画个对号。我放生的小海螺，缓缓

沉下海底。含一口口感好的海水
我原本是海洋生动物。凝视着芝罘岛

差一点大声喊——孤独的海鸥你好！
蹲下看涨过膝盖的波浪，拍击着海岸线

夜晚在地图上写作，幸福得
睡不着觉。海水悄悄漫上

双层推拉窗后的噩梦，冲刷着灯下
退潮的莫奈的画册，谁喝剩的二锅头

一艘蓝色的货轮，渐渐消失于迷雾
一个矮壮的韩国人，俯身于海滨的护栏

我来自大陆，不是为了兴叹

海边人去楼空的窗户,守望着硝烟怎样散尽

2005 年 7 月 8 日凌晨

屏　风

沿着油亮的，漆着
青漆的木板拼接的甬道
向退潮的大海走去
拐过张裕纪念馆，灌满
海风的三瓶葡萄酒

驻足，看一伙少年
艺术家，坐在山墙下
的凉阴里写生
他们不画人，只画
海滨空房的一角

和离海最近的树。稚拙的
石砌的线条，透出
当地渔民的风格，大海
不规则的起伏不定的心跳
隐约混合着

简朴的德日乡村，十八世纪
贪图安逸的，瘦
而高耸的旧貌。散发出
一缕缕

类似烟囱中,向海天扩张的

气息,整个半殖民地的羞涩
此刻风平浪静,天边
只剩下岛屿。据说那是古代
齐鲁大地的屏风
护围着烟台山,那只

缓缓伸向海底的
试探水温的脚,以及
泡胀的脚背
脚趾缝内,滋生的海星
与海藻。光身子追杀的鱼

2005 年 7 月 14 日午后

隐身术

1. 露水闪

新月未落时,外星人
就开始,在繁星上捣电焊
焊接初伏第一日,热坏
的冷神经。正值妙龄的新月
转眼成老月亮,她翘
起尖下巴,捂住右半边脸
蹲下听午夜,沉闷的滚雷
模拟的击鼓声。也许
她牢记了这一晚,不敢再
轻易地,用右手给左手押韵
也许依然在怀疑
是弧光,乔装的露水闪
来自梦中以前办公的房间
而砸在光脊梁和一摞
报纸上的雨珠,凸映的
下垂的双乳的幻象
只是冷却后,熄灭的火花
一位温情的阿姨的别名
打着手电筒,去检查

田野上,玉米地里的水泵

2005年7月16日凌晨4点30分

2. 八月

八月的括弧外,月亮

被咬了一口。蟋蟀吹着口哨

给同伴梳理胡须,拍掉

燕尾服上的土。你

频繁地开灯,关灯,书写

谜的偏旁。得到了纸的声援

黑的暗中支持。舔着

往昔的羽毛,你依然坚信永恒

爱蒸发完以后,还得活下去

天空是一盏灯罩,你就是

摆动的火苗,气流

晃着肩膀,你得慢点燃烧

口渴,就喝一口开水。千万

别在换季时生病。嫉妒

是恶劣的品质,应多向昆虫学习

不要把平安这个词拆开

顺着它的笔画走。像八月

手揽住月亮,你握着一枚苹果

2005年8月20日凌晨5点26分

3. 皮影（一）

似乎有一条索道牵引着萤火虫

从孤岛般的榆冠，划向
长着一副老人脸的杨树

这棵树曾随我，到过许多地方
甚至参与了一场，使我受惊吓的梦

现在，它依旧狰狞地站在
我坐的椅子左侧，只要

下意识地扭头，我就会被它盯住
与其他围绕我的树，表演静止的皮影

而月亮则无力地贴在
冷湿气流的墙上

一块下汤产的棉纸泄露几许天光

2005年8月27日午夜

4. 皮影（二）

月亮无力地靠在

冷湿气流的墙上，仿佛
下汤产的棉纸，泄露
几许天光。这之前你似乎
昏了，或迷迷糊糊地
在屋顶神游一阵
与暮色中的蝙蝠同时
画了些无人赏识的圆
你眺望着小石桥上
缓缓走过的少妇
她正性感地分开
比你有艳福的空气
毛发骄傲地擦出，耀眼的
火花和静电。而你既不是
困兽，也不像人们常说的
那种热锅上的蚂蚁
只是迷上了不厌其烦地转身
调头，以自我为中心
对局限的空间而言

2005 年 8 月 30 日午后 3 点 18 分

5. 草药

锁不住的雨，放开手脚
任性，给地球涂油
与商场，防空洞，合用

同一个梦。在城壕
她家的下方,与琴台
相望,我的视野模糊
被夜色抛了光。边走
边嘴里嚷着:找一匹麻布
也许是抹布或马布
马克与卢布。不去数
镜子里的盲点,熊熊
燃烧的火把,究竟
有几万颗。口含透明
的吸管,将清热
解毒的液体抽空
它棕红色的甜、微苦
恰似命运的注脚
一江春水旁的事故
连着连翘、栀子、玄参
神奇的草药家族

2005年9月5日凌晨5点 病中

6. 墓志铭

我这一生
不过是一只
伏在地球上的蝉壳

那个真实的自我
不知何时
已振翅而飞

2005 年 9 月 14 日晚 10 点 10 分 病中

7. 迟到

我发现掠过的每一株街树
都分享过你爱抚的目光

我甚至嫉妒：与你比邻的店铺
竟在晚霞消失前某天，印上

并送走你单薄、优雅的身影
像一句用慢镜头悄悄拍下的诗行

而我低眉，抽烟，不盯住
你看，只是不想让窥视者看出

缄默的恳求和挽留，烟雾
缭绕的幻象，使整个街区闪烁

奇怪而怪异的光芒。一枝红石榴花
正与燃烧的夏天，和假想的情敌打仗

2005 年 9 月 18 日凌晨 5 时 病中

8. 铁皮雨搭

雨似豆子。乱
纷纷滚下
铁皮雨搭
窗的眼睫毛
唉,可惜它不能眨
不能自动抖落
沾在上面的灰尘
或泪花。房子盖好
二十年了,已住旧
父亲今春忽想起
给它装上雨搭
但我的书房
却暗了下来
当然,我的心里
会不会更亮
字,和字外的世界
会不会看得更清

2005 年 9 月 20 日雨夜 病中

死于仲秋
——悼念一位陌生的骑手

正准备给我扎针
护士接到了
你从摩托上
飞入路沟的电话
但一时找不到医生
急得她在急诊科
不安地抱怨,护理
我和其他几个病人
听见救护车声
就拨开百叶窗
踮脚,朝大街上看
你被抬进来了
已过去半小时
我从病床上折起身
也没看见你。只见
穿绿衣的医生
(不是绿衣亨利)
的上半身和手臂
在紧张地
做人工呼吸。两朵
飘忽不定的白云

小跑着奔向

点滴架和点滴

但你离县城

已不仅仅只有八里

摔死骑手的摩托

另一位骑手骑着

2005年9月20日雨夜 病中

湿毒，或疱疹

局部有点痒，她还没有出现
在皮肤科，你已面目全非，再也
回不到幼年。康医生只记得
老城，四门市部，鸽后和红旗商店
一家人中了煤毒，是他砸碎玻璃
为生命的门窗通风。而父亲
在呼呼大睡，你风火抽得厉害
年轻大眼睛的母亲，抱你穿过午夜
安静、无坏人的大街，灌你喝下一瓶
乳白简陋的药水。那是一九六四年
你还不满周岁，县城在你眼里，只是
一头雾水。绿浮萍与荷花
在五金厂厂区，你学会游泳的水塘
等你，白色与紫色的蜀葵
在阀门车间外疯长
桑葚与枸桃，映红寨豁，外贸
仓库大院，阳光下的砖瓦
你骑着时间的枝丫，吃得满嘴
都是鼻血，顾不着眺望
辛酸、失败的未来。麻雀
飞过去了，眼前一派昏茫
灰兔嚼着蒜皮，不见了剥蒜的老人

黑老鸹在树上咳嗽,强调
它的存在,琴弦尖细的音质
会把小指头划破。而你
惊奇地盯着,刺猴消失的右手
不得不停下来,打扫满地的污秽

2005 年 9 月 22 日 病中

老父与静物

竖立的圆,椭圆
是折叠起来的
黄圆桌的底面
倾向厨房。黄墩布
从母亲手上,移动到
老父手中。拖把
沉重的厚壁钢管
她举着吃力,接头坏了
有一阵,它们像季节一样
配合默契,而此刻
躺在刚打扫干净的院子
俯首,听命于
对它的修理
现在,老父坐在
折叠椅上,面对
放平的圆桌,和他
刚加固好的小杏树
墩布,看不见了
夕光下,桌面更黄
简直可以说辉煌
摆着老父剥净的葱

2005 年 9 月 22 日 病中

赛　事

一只剖开的汽油桶
在水塘里漂浮
暂时无人理它

垂柳趁着暮色
蹲在麻地旁
收敛：剩余的倒影

荷叶的墨绿暗了
抱紧赤裸的荷花
有机床的玻璃窗后

母亲闪耀的脸
青工们眼神兴奋
看我与西安来的知青

在炉火映红的水上
比赛，像两艘闪亮的
一大一小的制造水花的快艇

多年后我长大经过那里
不见了汽油桶和波纹

那些可爱的荷花样的面孔

夏日沸腾的水塘不知于何时
被僵硬的炉渣填平

2005年9月27日上午 病中

老妇人

她把椅子移向初春
凝视着远处,落日的
余晖。眼前的风景
逐渐模糊,思维
像往常一样抽象起来

她瘦削的膝盖上
放一本影集,手
像两只鸟停在上面
透明的青筋像枚书签
夹在青春和晚年之间

她明白自己坐在
一生的尽头,但心情
比退潮的大海还要平静
嘴角偶尔流露出笑意
闪过一丝顽皮的眼神

她不为偷情感到后悔
也不为苦难和争吵
撒谎、摇头或叹息
只是对他在她里面的快乐

竟然消失了，有点奇怪

2005年9月27日中午 病中

孤独的孩子

给门出个主意。请允许
爸爸梦你:头枕着深秋
的星空,临摹的写意花卉

十月在飞掠的窗外,剥着
沿途的玉米。你在洛阳
睡了,我在家里写作

蓝天下蓝色的吉他,已抵达
伊斯兰堡。雨季的背影
模糊,夜静得只剩下耳塞

当子夜的直播间敞开,漂浮
在80年代,"孤独的孩子
——你是造物的恩宠!"

骑在有核桃树的园林,瞥见
我闷在堆满旧杂志的室内
嚼着,挤眉弄眼的玫瑰

2005年10月9日午夜

梦森子

我们像两只蜜蜂
在一颗琥珀里对坐

谈到伤情处,泪涌出眼眶
暴露了我性格中的软弱

后来,你肩头的景色变了
窗框内正在减去

垂柳和站台的一侧(好像是让河)
梦中的你,依旧是亲切

友善的神态,宽慰地望着我
说:走,就让它走吧

仿佛你脑后暗藏着一双
窥视空间的眼睛。仿佛

从我挂在睫毛上的泪花看见
梦境中,你身后的火车在动

2005 年 11 月 14 日

梦艾曲

你修饰我写给梦中议会的
提案,但这次没有发现

我摁在梦上的指纹。无论
在梦乡或家乡,你总是那位

我喜欢透视的人。南山
菊花黄了,我站在沙河北

的山坡上看见,菊增至
两个兵团,像盛开的伞兵线

码头上嗡嗡的牛蝇,贴着
水波底旋,密集的蜻蜓

朝仿生学方向飞去。你向它
指点假山,藏在山肚子里的空军

一挥手轻描淡写地掠过
你家大片肥沃的麦地

2005 年 11 月 14 日

下午的梦魇

那门帘像一块倒立的石棉瓦
拒绝我去抓,似证实它不是稻草

而是你拿走的笔记簿。压抑
的套间床上,只留下你那副:消失

又浮现的我已不再喜欢的音容
我挣扎着看清了,少年时住过的屋
又黑又脏的木门。紧接着又在

夕光迷糊的瞬间,去洗澡的路上
抽搐着一脚在梦中踩空

2005 年 12 月 25 日午夜

无 题

秋天,由徘徊在屋顶的
阵发性的忧郁所构成。在时间
的坐标系中,我不过是
起伏的、渐渐滑向低谷的虚线
或一声紧张的杳无音讯的呼喊
不允许我白发苍苍地站在
一场大雪中,一树红梅的旁边
沉浸于追忆,对旧事物的回想

2005 年

麻　雀

化雪那天，麻雀在树枝上尽兴地滑雪
这神奇的滑雪手，一直生活在险境

可总是那么快乐，不在乎，也
似乎从不为失败伤心、哀鸣……

主要是我听不懂。我不理解它们
但麻雀仿佛懂得：怎样调皮地

与人类为邻。尽管名声不太好听
比如中国的东北人称它们"老家贼"

甚至，还有其他的抵制或毁誉。总之
是不相容，像一把扑向眼眶的沙粒

因为有翅膀，不喝酒，对世界
索取得太少，所以，它们一点儿

也不像我。不会写诗，不会
穿衣服，当然也不会总是谅解与骨折

只是在融雪的阳光下暖一暖羽毛

就平息了莎士比亚式的内心风暴

2006 年 1 月 21 日夜

倒春寒

在你虚拟的阳光下
有几棵树。更多

是杂草,但偏偏
没有它。在你眺望的

未修辞的风景中
雪关闭了手机

关闭一座城
把那个雪夜

想为你朗诵的醉翁
推到——渺小的

无人搀扶的
欲哭　无泪的远景

2006 年 2 月 27 日夜

回到从前

有没有一个词,允许我
故技重演,回到从前?

有没有一个词,替我
洗心革面,让叶芝成为

汉语的奴仆,把乔伊斯
从中文赶回爱尔兰?

不管他在忒里雅斯特气得
直跺脚,放出都柏林街头

狂吼乱叫的小酒馆,像
放出一群戴面具的牧羊犬

扑到乍暖还寒的中原,咬住
我的裤管儿。也不管老叶芝

怎样懊恼地站在本布尔本山
将五十九只天鹅再数一遍

只要不让我们彼此看见

只要取消：月似硬币

你低头拉开抽屉的夜晚

2006 年 3 月 12 日午夜

三只黑鸟

夕阳滑落的技法我总学不会
傍晚,开花的泡桐上,飞来
两只追打的鸟。它俩为事翻脸
只有鸟类学家知道。俩鸟
在桐花旁撕扯时装店也买不到
的黑袍。有一只很凶,一直在
攻击。而另一只不知雌雄
分明示弱,或理亏,做错了事在躲
弄得粉红的花骨朵和羽毛
纷纷往树下飘。弄得整棵泡桐上
仿佛都是鸟。又一只
黑鸟来了,好像在发福,因为
它沉稳的样子,看上去实在是
笨拙。它既不去劝架,也不
发出警告或拨110,只是蹲在树枝上
安静地思考。它也许怀孕了
看两位在争窝?莫非吵架的黑鸟
是两个泼妇?就这样无聊地
看着瞎猜着,我突然觉得好笑
鸟在模仿人类还是人在模仿鸟?
那只后来的,为什么
若无其事地拍拍屁股和翅膀

又若无其事地展翅飞跑了?
留下两只先来的,仍在暮色中吵闹

2006年4月6日夜

夜　合

一枝折断的夜合上
缠着半首歌

一缕幽亮的录音带
在路灯下闪烁

当扫大街的环卫工，晨起
散步的老人告诉我

说：它叫夜合
我想起那些因爱

而离散的人
那双

因不幸
而丧失听觉的耳朵

2006年5月12日午夜

一个信徒的札记

黎明不用形容词的蓝,给窗
一个表现自我的机会。但

夜半火车呼啸着撕裂田野时
沿途的小站没有被拯救

特别是,当我们席地而坐
宗教在政治经济学的城外突围

被缩写成一篇札记:玉米地抱紧了它
暗绿色的、不会作假的神秘

它傻得像信徒,无私得像真理
分手与重逢,不过是

世俗支配下幸福的演绎。爱
缺失的星空下,甚至没有悲剧

2006年5月31日午夜

赋闲的日子

搭上墙头的伪装,鸟瞰
只是一道绿边。爬墙虎

被取消的立体,不得不
暂时蛰伏在委屈的透视里

侧面还没有崩溃。流行歌
正飘向邻居。优雅

的飞行物,迅疾朝田野
巨大的露天餐厅滑飞

而百里之外的山上,日子
正在访问初夏的警务区

它利用稍微倾斜的
树荫和山风,跛足

的村长,以及隔壁
送粽子的女教师,轻轻

拍了拍,不给我打电话的

夜观繁星的守林人的肩

2006 年 6 月 2 日

宿　鸟

鸟的夜总是提前来到

有火烧云背景的树,随风
让暮色摇成波涛

在歌德的诗里它们安息
给夏夜纳凉的我一个参照

向谁问鸟的命运,鸟
梦到了什么?仅仅是

用重复将飞翔强调
它与我合盖一床星星

夜半又加一床镀银的月

2006年6月15日夜

花　椒

空寂的操场上我们早已跑掉
只剩下花椒树守着围墙

这个词涨破一层蛋壳
露出它疏远、乌黑的蛋黄

所有的故事都像是假的
站在墙外陵园默哀的三分钟

尤其失真。我们的成长被一再修改，
自我教育：只能在变声期

盲目冲动下以无知的方式
进行。雅各的梯子靠着星光

我的脑海却堆积着一个少年
难以承受的集体无意识的圣经

并注定用梦收藏：母校
山雀，一树树诱惑的原型

2006 年 7 月 1 日午夜

夏日之书

> 一个人把不幸传给另一个人
> ——拉金

丝瓜用触须冒充弹簧
陪我睡觉的书,有一半脸上湿了
七月的拐角,差点被绊倒
此前,曾梦见她盖在被子上的红棉袄
柔韧的早晨,依旧翠绿,看不见转折
说吧,沉默!请发动我的舌头

雨背诵口诀,除以夏日,等于秋天
哭有什么用?!别让泪水示弱
既然属蝉的是聋子,听不进箴言
那就离开县城,去西山打坐,守住风景
打着云朵那把遮阳伞到柏拉图家散心
或续读波浪版的夏日之书

2006 年 7 月 24 日

萤火虫

吸足墨汁的山,星星
的宽银幕。巡夜的萤火虫
提着一盏灯笼。有一瞬
她停在草叶上,躲避一只飞碟
紧接着钻进一棵油桐
给兵工厂的汽车让路

她帮我找到了:姑姑的脸
和下坪。但不说,神秘
的敲锁人是谁。只盯着
我和两个表弟,竖起耳朵的斧头
警觉的红灯半导体
漆着山漆的衣柜

忽而,她来到河谷里
忽而掠过拍照时,曝光
不足的桥洞。似乎
在测量我,当年从山崖往下跳的速度
不厌其烦地验证
水和重复的魅力

仿佛我会再一次

自透明的,铺着一层细沙的
深水潭和暑假里浮起
在下面追着她喊:高低,高低,高低
飘过石头屋。嗅
她呼出的甜丝丝的气息

踩着机枪配件改装的锁边机

2006年7月27日—29日

游泳俱乐部

灯影处,传来游泳者的歌声
潘杨湖被夜色包围

那黑得发亮的地方
可是一段湖堤?白天

我认出他们,在环湖畔活动
在旅游黄金周,他们穿得很少

套上妻的素裙,换下湿泳裤
而另一些,在波光闪烁的湖上

制造景点和水花。背景是
龙亭的旗幡低垂,游船被数码相机截获

情侣,和眉飞色舞的蹬板的导游
从挂着皮划艇的俱乐部门口飘过

2006年12月5日凌晨

为四十三岁生日而作

> 佛说：人身难得。
> ——题记

风擦亮了漫天的图钉
夜，暂时被稳住

我穿过了空旷的大街
看被剥光了衣裳的树
夜合，无依无靠的造型

年轻人在路灯下打羽毛球
夜合旁新开了一家美容美发厅①

突然我想哭，想随便
找个女人。但过分的静
刺得我冷、我头疼

是啊，没有水仙
没有蛋糕，甚至也没有谁

---

① 夜合，一种长年生落叶乔木，树形优雅、美观，其叶子昼分夜合。

拿着绿松石,或红蜡烛
为我点歌祝福。只有
一缕蒸菌种的异香

弥漫在冬夜的街口,像来自
刚读了一半的无量寿经

2006 年 12 月 17 日凌晨

挽　歌

雪觉得我欠它一些什么
所以，暗示一下

很快化掉了
我不责怪物理学

但，当我在厨房写日记
把火炉当下酒菜

那两个词也坚决不说

一年就这样结束了

2006 年 12 月 30 日夜

冬　眠

等敞开的窗
蝴蝶
重新装饰我的眼眶

窗口给月亮选一位木匠

等梦境的我
不再剽窃
醒着的我

冰分子搭建好失语的屋

等迎春认出
我这位过客，燕子
披着那件旧礼服

拉金拉来一车蚂蚁酒

等我站起
坐下
忘了给自己抹黑

黎明厌倦了个人传奇的修辞学

2007年1月16日午夜

腊　月

风停后,星星们准时来赴晚宴
发现腊月的餐厅蓝得深邃

初八的祭祀刚刚结束
女人在篝火旁腌制吃剩的烤肉

湖泊闪闪,剩半杯残酒
有不少星星沉溺,脸喝得通红

驴子在磨坊听一张唱片
圆桌骑士在空中与寒冷格斗

而最初的命名者一句话不说
独自待在深邃的深处

漫长的冬夜,它睡醒一觉
是否听见群星的呕吐?

也许他不肯与我们相认。但
为什么又让风打扫

它的前厅?并将星星洗了

又洗,请永恒坐在它们当中

2007 年 1 月 28 日夜

沙河之夜(二)

你睡着后,我拿手电筒
跟打鱼的对了几句话

是我,驾驶着蜻蜓
盘旋在水牛屯、白龟山水库上游

那年,蚊子咬住古河道的宽
风,雕刻沙岭的抬头纹

一条蛇走了,留下皮、韩寨
去未来度假的人,潜水,呼吸

摸到淤沙和氧气瓶。癞蛤蟆
老板,嘀咕着抛锚之夜

雨淋湿西羊石、毛营、挖沙船上的灯
该诅咒的失落消声器的奏鸣。买断

星空的家伙有一张蝙蝠脸
一辆军车正翻越凶险的丘岭

永乐庄曾迎娶多少良家姑娘啊

粉蝶乘暮色滑翔到官庙渡。对岸

2007年6月16日夜

暴风雪

请在夜空安放这颗侧面忧郁的头颅
但请不要遮蔽它的蓝和几颗守夜的星
尽管,整个树冠的倾向只是烘托

一只罕见的叼住圆珠笔的鸟正在月下偷渡
用的是校正罗盘,打捞春天的抑扬格
查找,那几位失踪的敲冰人投宿的城堡

星星拥挤在封闭的轨道上,手脚冻僵了
前方,似乎有一辆警灯闪烁的铲雪车
为它们开道。打开收音机,听清音的电波

上帝的英雄双行体抚慰是徒劳的
这场暴风雪,给外省散发了过分的族徽
仿佛雪国应该是六角形的,包括车站和跑道

十三辆运钞车吃力地爬着打滑的陡坡
它要去收买雪神,那十三家造雪的工厂主
七音节的押运员是双下巴的,佩着手枪和墨镜

一个发动气象战的博士,哼着下流小调
一个贩雪团伙,在潘多拉床上被捉

尤其是，一个度假归来的老司炉，忘了扛大号铁锹

2008 年 2 月 18 日

看久了枣红色封面

看久了枣红色封面,黑方块字
目光将树冠染成水洗过的青翠

撩开头发发现,阴云浓淡不一
像一幅元朝的赝品,符合混沌学逻辑

因画下一条虚线,鸟雀被虚线驱逐
一滴跑龙套的雨突然将自己摔碎

声称:这般伤心之后再无如此的伤心
任麦收后的风批发虚假的秋意

对于季节来说,雄心荒废得太久
夜布谷的行踪折磨着我迟钝的想象力

每一寸空气都被它丈量过,都有吻痕
仿佛一粒受冷落的玉米想念着女性

为盘点汉语存货不多的梦伤透脑筋
再有三行诗,就可以草草收场

即使火,夜晚和橡皮也无法将其抹去

只能使这些言辞更加深爱情的印象

2008 年 6 月 17 日

后半生

我想在我们隐居的地方
写作。用笔和版税
买一架荒山,盖一幢小楼
生一双像你我一样聪明的儿女

我想坐在楼顶或橡树下
读书。上网查资料
偶尔抬起头,看你在果园里
散步,率领着儿女和女佣

我想每个周末都请朋友们
驾车来。聚会或钓鱼
或听你朗诵,殷勤地忙碌
地窖里,有喝不完的酒

一年中我们也会去外地访友
比如去巴黎,看看我们的导演
或出版商。联络感情是必须
但重要的是让孩子们开开眼界

更多时我们还是喜欢待在农场
吩咐管家,给车库刷上新油漆

我们关注股市的行情与油价
透过铁丝网,眺望邻居的收成

渐渐地我们老了,儿女大了
一个个离家去异国求学
管家的儿子,成了我们的新管家
而我,像一条老狗,不离你左右

2008年3月20日夜

起风了

掠过大海时
我擦破了它的皮
疼得它耸起脊梁

在落叶的欢呼下
我收起树的帐篷
翻越了一架架山

我很快,很快就扑向平原
没空在海湾、森林
或峡谷逗留

我有急事儿
不得不哐哐地
拍响您的门窗

2008 年 11 月 26 日 星期三午夜

梨花腔

风会翻唱这出旧戏

但无人帮小梨树捡回
她改行跳脱衣舞时
扔下的花瓣和纽扣

连续几个昼夜
她都在月下、日光下脱衣
谁怪风逼她脱

歪曲她戏子的天赋?

脱得只剩下绿叶裙
脱得还能唱梨花腔一句

快了,快了,几天后
她将打开受孕的子宫

2009 年 4 月 5 日

拒绝为母亲写的挽歌（组诗）

> 但如果他是个艺术家，就会有
> 他所不能描绘的
> 更深刻的创痛
> ——埃·李·马斯特斯《沉默》

1. 母亲弥留之际

只有埋头苦读，才能够
暂时忘掉老父的指责和新伤痛

一滴屋漏的雪水，正慢慢拉长
变成一个似火苗但不会燃烧的动作

跌入寒舍、木箱上设置的铁瓷碗中
这里，仿佛与血凝交换了

双重的幻象与奥秘。仿佛
一个未经许诺的命运，或前生

突然往回收。但终归无用

不肯解答,您病重时

我的右膀为何模仿雪压的断枝
摔断在邙山,去救助站的路上

不肯解答,您弥留之际
缓缓合上的书卷为何写满虚空和否定

您就要走了,我们却无力挽留
您就要走了,我们竟束手无策

只能眼睁睁地看着,挥泪与您告别
像一堆遗落在您身后的逗号、分号或冒号

母亲高淑静,1940年生,退休工人
她从没有以诗歌的形式讲述过自身

2009年11月21日

2. 为母亲守灵

长辈无论怎么说,我都遵照、执行
已忘了年轻时先锋、反传统
比如为您守灵、上香、叩头、作揖
凡来家吊唁者,不论大小,一律跪倒、磕头
其他时间,则茫然地呆坐在一把

低矮的椅子上,离您一尺左右
忘了右膀的疼痛,真的,老娘。忘了
该怎样活下去,给脑海的空白

像填空一样填上一段清晰的思想
忧愁或悲伤。倒不是因为您已长眠
在弥补您生前欠缺的觉;以死
表明您对这个家的失望

而是以彻底的沉默,让儿无话可说
变成了木偶。智者不会后悔当初之错
儿不是智者。诗人也不会不孝
给父母增添负担和焦虑,儿是个伪诗人

基督之不孝,但他似光芒
照耀着普天下的贫舍。乔伊斯之不孝
有一堆胡言乱语作祭。可儿呢
至少折了您十年的寿。最后所能做的
只是帮二舅将溜进灵堂的小老鼠赶跑

2009 年 12 月 27 日

3. 母亲的自行车

您的自行车您决定不再骑了
在树下,它失去了主人

显得很孤单，再也打不起精神

在您骑过的自行车中
它陪伴您时间最长
似乎，也最得您的宠

尽管它曾狠狠摔过您几次
但从没见您抽它一鞭子
或恨过它，跺它两脚

记得您刚买它时，是 1994 年
她像您骑过的其他自行车一样
不吃草，但最怕盗。因此您格外担心

谁偶尔骑骑，您总是一再叮嘱
锁好，锁好啊。弄得人很烦
所以我宁愿步行，也极少去碰它

松娃和毛毛上小学时
是您骑着它接送上下学的
无论刮风下雨或下雪

城里和乡下亲戚的感情
是您骑着它去维系的。尤其
红白大事，您总是第一时间赶到

人们都说，咱这一家全靠您支撑着
村里人几乎每天都看见您骑着自行车
在家与大街之间的村路上奔波

妈，您欠我们的早已还清了
上天不再罚您把柴米油盐
和蔬菜，用它给我们驮回来

2009 年 11 月 25 日

4．您儿时的一秒

您看见饿狗冲撞
村里被镇压的那条恶棍的坟
紧接着，就被他家的院门
无声地、凶狠地挤伤了手，然后人事不省

您说："就是他干的！"
那是您儿时的一秒。在上小学

躲老日时，您四岁
连夜逃亡到我大姨家
外婆才发现您光着一双小脚
把地主家小姐穿剩下的带襻鞋跑丢了

您说："那双鞋真好看。"

那是您儿时的一秒。已懂得美学

您是幼女,机灵又调皮
有福。生下时,家里有一缸玉米
吃饱了爱爬树,捉棉花嘤
夏夜喜欢躺在簸箩里数星星

您说:"有次从树上下不来了。"
那是您儿时的一秒。儿替您记着

2009 年 12 月 27 日

岁月的残照

没有激情描述它。几乎又是空白
除了吃饭,抽烟,晒太阳,呆坐
早晨翻出旧裤子,使劲儿搓

斑斑点点的红油漆、白涂料胶
是去冬为儿子粉刷新房留下的

水缸注满,把电话移置到窗后
吩咐:烧草垫时,将母亲的病历
检查报告、CT 片、未服完的药

一并烧掉。此乃上午,父亲归来
在家停留片刻,所做和所说

没有激情描述它,2009 年剩下的日月
母亲不在了。媛媛两日后出门
儿子在云南帮岳父打理工作

当修拉链的小贩再度吆喝修拉链
照射到屋檐的阳光,已经成残照

2009 年 12 月 29 日夜

夤夜送行

一路上,我紧抱着衣钵
姐抱着鸡。二弟和三弟在后
默坐。老表大伟、姐弟四人
陪护您走完最后一段路

出城向东,夤夜如墨,偶遇
早行的货车。它们停下了
收敛光束,为灵车让路
此刻,咱们已爬上傅岭坡

小伟和宗阳在前面开路车上
撒纸钱,带路。每过一个村庄
一座桥,放一串鞭炮
姐喃喃说:娘,过桥了

而我透过挡风玻璃,凝视
灵车照亮的范围:纸钱飞旋
鞭炮炸响,列队肃穆
但您无睹的路两旁树木

有一种不真实的感觉
仿佛这一切都是虚构。一次

无法挽回的梦游。以您的死
彻底的沉默为代价

缓缓地,沿着三高墙外的水泥路
上坡。路过离您归宿最近的村庄
这是县城方圆三十里最高的地方
您的葬仪打破了此山夜间的荒凉与寂寞

您最后这段路也布满荆棘与坎坷
通往您新居的路,盘绕在山腰和山坡
未硬化,很简陋,连结着九女潭
那据说为牛郎织女的传说修建的庙

夜色把树木都隐去了。夜色
让您和灵车都没有失控
当我随着一盏掘墓人的灯下车
趔趄地踩着石径,抬您的人依旧是我的平辈

数一数您身后的冬夜为您送行的人吧
哪个不是被您抛弃者?
即使作为大嫂、大母、大妗子
娘,您也不该提前走,先行

2009 年 12 月 30 日夜

悲　哀

整座院落里，无处不写着悲哀
尤其在黄昏时刻。尽管火炉上炖着
姐姐拿回来并替我剁碎的鸡排
但热腾腾的香气，一时还驱不散
很快，夜背着手走来。绝似倒行逆施者
夜令我惊讶的是，每天必这时来
总保持矜持、散步的姿态
太缺乏优雅与风度。这倒不是说
白天它健步如飞，我为它的快而焦虑
字不曾写，书无心读，开始盘算生活
也非责：当它迟迟不肯转身时
又为它的慢，不看它身后星光组成的卫队

2010 年 1 月 18 日

四 月
——怀念母亲

每年四月,我总是无言
说不出话——只有默默地接纳
正如维特根斯坦所说

但对于离去的人,今年
它更残忍。除了病后稀疏的梨花
一切都在表明:这是遗忘

的序幕。迫使我们贪生
继续扮演好自己的角色。观赏菜花
飞过墙头的菜粉蝶之舞

一个贯穿始终的主题其实
一直在城外,在未来的我们中间
我们为什么一定要回避?

而忘记了,它也是
梦想的一部分。等待着我们去确认
而不是删除,我们的空白诗页

2010年4月3日夜

孤　独

星星请来一群伙伴
隔着夜幕，与灯盏为邻

甚至没有一朵花独处
她拥有遍地芳友，众姐妹

你看，麻雀的玩伴总是成群结队
谁孤单，谁就是不服从天性

孤独不是诗人的专利。但为什么
他不能成为一个集体主义者

受人拥护？他的工作无人赞誉
离人群越远，越遭到诋毁

并被驱逐到孤独的中心
披着诗歌那件棉衣

2010 年 4 月 4 日夜

一首诗的秘密

午夜醒来,狗咬得厉害
借助手电光,审视汉语

奇怪的坚韧的总是填不饱的胃
什么人穿过黑暗时,狗一再盘问?

一切经过梦想过滤的事物
最值得珍视

譬如,一个家族的和睦
一首诗的秘密。儿侄、兄弟闪现的脸

一辆简陋的向昼夜之外突围的雪橇
携带着种子和土壤

携带着偶然、鸡鸣与狗叫
汉语,那坚硬、有漏洞的壳

2010年4月5日凌晨

一副旧窗帘

花和叶满幅的红丝绒窗帘上
最近,我总是读出各种姿态的人物
尽管窗帘旧,但挂它时
母亲在一旁协助,用我那双母眼
纠正我的错觉。至于窗帘原挂何处
遮蔽过谁的窗户,使阳光和天光减弱
我认为并不重要。但钉子
和钉子的平行,与下垂的对角线
是否互为直角,不能不一再地烦她
征求她的意见。因为我离窗太近了
几乎是贴在窗帘上,取消了能见度
全依仗母亲的眼睛。当她说
好,好了,我依然很固执,不放心
作为她的长子,除了与她相像
很挑剔,同时也是个喜欢整洁的人
当然,她却从不了解我,是怎样艰难地
取得汉语的信任,三十年如一日
一笔一画地让自己移居,并毫不费力地
一再读出窗帘上繁复、凌乱的幻象

2010 年 4 月 13 日夜

独 居

上弦月。北斗。布谷声
一切似乎依旧。戒酒第二天
我重新拥有了视觉和听觉
也就是说,喝酒,写日记
都治不好孤寂病,我只好
从酒鬼,又变回一个诗人

依旧像往年,一个人待在房顶
可灯下空寂的院子,再也没有了母亲
一个人独坐着,默默想心事的身影
漆黑上锁的堂屋,也不见了
独享梨园春、武林风的父亲
与我做伴的,只有屋檐下
一只卧在电话线上的燕子

今夜,西南和西北我都牵挂
但不知儿子是否已到了鸣音①
坡头②虽近,却眺望不到
分离十日,如过了十年

2010年5月18日夜,6月13日夜修订

---

① 鸣音,云南地名。
② 坡头,黄河北地名。

七口之家

夜宿在屋檐下的燕子
昨晚增加了。父亲和姐姐
也注意到这一幕

眼睛亮了片刻。七只
我默默数了数,看来是一个家族
但分不出雌雄,哪位是长者

每只似乎是另一只的克隆
每只都巧妙地掌握着
在电话线上睡觉的技术

令我惊讶,佩服。谁料
到了半夜,突然争吵起来
相互闹腾、追逐

也许哪只燕子喝醉了
在发酒疯?原来这七口之家
也有不为人知的矛盾

2010 年 6 月 14 日夜

周岁生日纪念
　　——给小孙女

愿你当个普通人
成为艺术家也行
那得看你的天分
坚韧与恒心
好看，但不要太漂亮
我鼓励你自然一点
如果，能将善良、沉稳
机智和聪明集于一身
就称得上完美
或至少与完美接近
这就是我挖空心思
所能给你的最好的祝愿
不必缩小那稍微拉开的
与幻想之间的距离
比如，听花开的声音
看月亮在地平线上打开另一扇窗
这样，更符合幸运的逻辑
因为幻想越多，越脱离人群
正常人从不冒这个风险
所以你是个大家
都认可的女孩

所以，这意味着
你今生注定与幸福有缘

2010 年 8 月 6 日

闻儿子儿媳和小孙女回济源

> 河南省气象台预报：今晚到明天白天，济源中雨转大雨，气温23—27℃。洛阳阵雨，气温24—27℃。近三日内，黄河以北有大到暴雨，局部有大暴雨。
>
> ——给儿子的便条

傍晚，车灯照亮一群玩耍的孩子
尚有蝉鸣发自暗绿的树冠
我打喷嚏，鼻腔稍塞，有一些事物
正黯淡下去。亮灯的乡邻仍在周围
疯长的草，树，也打算度过
一个从未度过的夜。家的概念
是不断地离开，有谁见过远征的蟋蟀？
没有人能把失去的分秒再赢回来
即使分别的一幕一再闪回
如果我说，不如沉默。同时想
团聚和分离这两件事情实在太累

2010年8月20日夜

当天渐渐转凉的时候

蟋蟀又吹起那只口哨
丝瓜藤被自身的向往所牵引
失去或把握被热浪煮过的风格
秋月找不到去年的人只好照耀墓地
如果泥泞反复为尘雨可以作祭
倾天而倒墙也被浇透涌现大批
隔热的乌云。每片绿叶每所房屋都被刷新
那么多眼眶也拿来用作排水的系统
湿地湿热为紫参花言败
发散性思维给花蚊太多机会
每秒一幅快照历史该是多么冗长
有办法使每朵花都变成芝诺
或芝诺的信徒。只是找不到目击者
给一曲自由的变奏上足发条
并请秋风为雨季献上一首挽歌
降下所有的旗。是啊
没时间为每株准备过冬的树配发
绿色的新帐篷,只能凑合着
等全部的词汇表飘零
回到词根。留下蝉独自悲鸣

2010 年 8 月 11 日下午

暖冬的色调

走惯的路每次走都感觉不同
尤其看到熟悉的事物
田野、土坟,废弃的小桥
将相河最美的时刻
被美术老师收藏在一幅油画里
一切又披上暖冬的色调
守护小河沟的杨树林(因你而
永恒)冒出一家新盖的楼房
莫非阴阳家们也懂艺术?
小河湾正好从屋后绕过
三年的时光不算漫长
但新鲜的写生已成旧作
那个小女生是否如愿以偿?
那个名叫陆福士的怪客还在画吗?
你的书法我从未见过
你的更新的画作又留住多少
美好事物,那珍贵的一刻

2010年11月18日下午,12月5日夜修订

寄居塔松的灰斑鸠

又困在老榆压抑塔松的院落
寄居塔松的灰斑鸠贪恋它的安宁
我翅膀断了,不能想飞就飞
每挪动两条腿都要向过去和未来付利息
挣的钱全部花在了喝酒上
没酒的日子实在不好打发
边独酌,边写作几乎成了毛病
微醉时状态最佳
母亲病故的日子,酒喝得最多
喝着,喝着,会突然号啕大哭
有一天午夜竟租车跑到母亲坟前
记得冬夜荒凉的山坡上
司机上前,拉起跪倒磕头痛哭的我
家里最好最无私的人抛下我走了

2010 年 11 月 26 日夜

夜

一路街灯曾串起无数的夜
但没有一个夜赖在灯柱上不走

一串路灯曾穿过无数的夜
但那些夜,为什么总爱玩失踪?

夜不但天生会隐居,也窝藏
我们不少梦。夜嚼着那些梦,那些梦香甜!

夜呵,不仅是我们穿旧的舍不得丢掉的
老式黑睡衣

夜还是一层,我们每天早晨挣扎着
起床时,不得不蜕脱的皮

2010 年 12 月 1 日夜

四十七岁大事记

奥西普·曼杰什塔姆神秘地死去
约瑟夫·布罗茨基荣获诺贝尔文学奖
加缪获此殊荣三年后死于车祸
劳伦斯累了已提前两年结束一生的工作与使命
菲利普·拉金开始走下坡路
毕肖普出版译作《海伦娜·莫莱》日记
克劳德·西蒙代表作《弗兰德公路》问世
沃尔科特说"我的朋友半数都死了"
齐白石远游归来仍在油灯下苦读用功
约翰·斯坦贝克杰作《小红马》改拍成电影
达尔文躲在达温宅开始写《物种起源》
海德格尔的脑海中发生了与看有关的变异
弗利德里希·荷尔德林迷上刨花已过去十年
帕斯捷尔纳克如惊弓之鸟进化成日瓦戈医生
让-雅克·卢梭的怪病支撑他拼命开新爱洛绮丝的方子
居斯塔夫·福楼拜挣扎着决心走出情感教育的死胡同
托马斯·哈代的悲哀浸泡着德伯家的苔丝
司汤达完成《红与黑》(副标题《一八三〇年纪事》)
鲁迅刚到上海就刺痛了黄浦江的神经
庞德瞥见拉帕洛的阳光溜进正在勃起的诗章
洛厄尔在《献给联邦死难者》中继续不留情面地谴责自己
凯鲁亚克临终说人生不过是"为来世在天堂的纯洁所做的牺牲"

勋伯格发明"十二音作曲法"并在《小夜曲》中运用
查利·卓别林拍摄第二部有声电影《摩登时代》
法兰克·莱特痛失梅玛，重建塔里耶森
卡尔·雅斯贝斯写作《时代的精神状况》
阿波里奈尔，阿波里奈尔没有活到这个年龄
卡夫卡四十一岁之死证实"他是病态世界的一部分"
约翰·凯奇第 N 次投币，进入不确定性和多媒体时期
艾伦·金斯伯格功成名就
维特根斯坦撰写《哲学研究》并进行"有声的思维"
罗兰·巴特对索绪尔情有独钟，著述《符号学原理》
瓦雷里出版《年轻的命运女神》，醉心于形式和音乐
冯西·雅姆创作《阳光玫瑰经》喜得次子
川端康成眺望着雪国，知道在那儿待得太久了
达利在美国发了大财开始把自己往十字架上吊
弗洛伊德创建维也纳精神分析学会，传播性启示录
萨特和加缪绝交，出版《圣热内：戏子与殉道者》
弗洛斯特边教书边潜心写《新罕布什尔》中那些诗篇
里尔克在慕佐完成大名鼎鼎的十四行和哀歌
博尔赫斯说《阿莱夫》写了幻想、讽刺、自传和忧伤
詹姆斯·乔伊斯喜忧参半，《尤利西斯》法译本出版
福克纳抽着烟斗，埋头创作，暂时蒙上二战的阴影
弥尔顿吟出《哀失明》《赠西里克·斯金纳》
莎士比亚锋芒减弱，编排最后几幕传奇剧
荣格在《心理类型态》中探索"个性化"过程
森子主编《阵地诗丛》。冯新伟出版《混凝土或雪》

2010 年 12 月 2 日夜于四十七岁生日

小阳春

不用猜
国旗飘的地方
一定是学校

风中
鼻腔分辨出
空气含大量酒糟

树
变成秃头歌女
满脑门闪耀

只剩下一句
台词
但瞧不见羽毛

此时
我坐在屋顶
乌鸦蹲在树上

此刻
我们都懒洋洋的

各晒各的太阳

2010 年 12 月 3 日下午

白皮书

屋顶,常坐的那把折叠椅
雪,占据着。其他雪席地而坐
似乎在召集一个以白皮书为主题的会
茶几上,铺着一块一指厚的雪布
会场冷峻、肃穆。屋后
堆满杂物的空地,也是雪景之一
但雪白的雪,竟然遮不住
一台废弃的老式拖拉机头的黑、丑陋
一条跑到人迹罕至的雪地上解手的狗
周围,百米开外的窗,一度幻想着
为早春,为未来敞开它的能见度
唉,可惜了。因为所有的树
都笼罩着白茫茫的雪雾,都被
同一份白皮书提到、引证
作为封面和背景,或作为菜市场
的萌芽,不被践踏的象征
不省略数日后雪化的泥泞和水洼
也不删除卖藕的瘸子和肥善之妻
在寒冷的帐篷下,盘算,向往
做爱的一幕。仿佛其中的春意
有什么不可告人的动机
仿佛天国的公告,都变成了披雪的

轮回，春耕，丧事和地方戏

2011 年 2 月 28 日深夜

雪晴日,永伟回来了

"知道酒为什么好喝吗?是因为它难喝。"
——引自香港电影:《伤城》

下雪当晚,一宿未睡
喝酒期间写下《白皮书》
午夜消夜吃得过咸过饱
普洱茶陪我到天亮但雪已停住
雪如果想下让雪继续下好啦
管他天塌地陷加上雪崩
我必须得睡……
中午醒来,雪化掉一半
湿润的院子三江并流
仔细考察雪水走向
来源皆为屋檐下的念珠
阳光灿烂的雪晴日,原准备
薅菜、刮尿、清理垃圾
圆桌抹干净,烧开一锅水
开始泡一大杯浓浓的普洱
这时,听见你喊,你敲门

2011年3月1日—3日

龙抬头的日子

洗了几件衣服
闲下来，又想喝酒

睡至中午，头脑困乏
明白仍未睡醒

接下来蒸米，切萝卜
吃完了昨天的下酒菜

但仍不习惯一个人
呆在空寂、有风的院子里

2011 年 3 月 6 日傍晚 6 点 16 分

远　离

远离焦枝线远离噪音
远离大街小巷也远离公路
远离兵营、油库也远离加油站
远离所有亲戚也远离熟人
远离城市和商场也远离码头
远离寺庙道观也远离旅游胜地
远离开发区也远离医院
远离大圈子小圈子也远离文人
远离官场也远离与官场有关的一切
远离往昔也远离把自我托付给酒精的时刻
带上健全的身体和换洗衣服
到一个幽静的无人认识的地方
重新做一个幸福的正常人
教书，种植，或养鱼

2011 年 3 月 8 日晨

一只麻雀的意向

一只归巢的麻雀的意向
没有被傍晚
进出小站的火车动摇

只是对滴水的屋檐下
走廊上,那个踱来踱去的人
本能地感到惊慌

逃到山楂树上
飞到厨房顶
在残存的葡萄架上避难

因为那人一时停止踱步
仰脸往树上看
雨毫不客气地淋湿了它的翅膀

这时,你如果摁开门灯
那会是什么景象?
晾衣的铁丝绳上悬挂的一排雨珠

会像路灯一侧那样
突然一齐亮。萌芽的山楂树

顿时发出幽绿的表现主义的光

甚至将空调和墙壁之间照耀
那是危险解除的麻雀
已按原航线飞回每天过夜的地方

而所有这一切，也许
都不能，对一度频繁地喝酒熬夜
造成的脑损伤有任何的补偿

2011 年 3 月 20 日夜

夏日幻象

一

凝滞的树冠
披挂的

不是闪闪发光的
刷上绿油漆的铁片

而是
养眼的清凉

二

可是,当
一阵凉风吹来

一列快车驶过
树冠

在枝叶间
竟发出金属的鸣响

三

如果那是幻视
这肯定不是幻听

正如我的身体
由外观和梦想组成

怎么
会是假象?

2011 年 7 月 29 日傍晚

八月的蝉（仿张枣）

夏天，我滴了多少眼药水
吃了多少颗多味的汉字
嘶鸣的蝉，像过分挑剔的编辑
昼夜是删节号，删去了
不该删去的。而该删除的
却变成了固执的怪念头
与炎热和花蚊结怨
爱上井台上卖俏的凤仙
唉，季节又变幻，又变幻
但不知倒计时从哪天算，从哪天
困，或不困，都得按规律
休息在汉语的床上，得挣扎多长时间？
观赏到众星捧月，得望穿多少秋水？
夏天，我滴了那么多眼药水
嚼碎了那么多多味的汉字
八月的蝉，像过分挑剔的编辑

2011 年 8 月 13 日傍晚

去石人山的路上

河谷对岸，探头饮水的金丝猴
受到惊吓，先是一愣，像个儿童

待看清高处的我们，石块飞来
丢下河谷，撒腿往山上拼命逃窜

它逃跑的路上，黄叶纷飞，碎石滚落
转眼就消失在绚丽的密林

我们断定：此处是它常喝水的地方
但我们懒散，没打算设伏

三人独霸着独秀谷，歇歇走走
不急着赶路。望远镜里的蜂巢

真大啊，河谷右侧的山腰上
似乎有一只没有人敢上去踢的足球

早晨从房梁摘下包，咸菜无损，包
烂个洞，三个人盯着被啃的烧饼傻了眼

老范说：山里的老鼠个个像土匪

你们路上碰见下山喝水那主叫黄妖狸

2011年8月15日—8月17日追忆

一 瞥

夜里,我走过
开花的兰草和剑麻

夜色浓重,但
没有把她俩染黑

往事和街灯照耀着花园
尘埃还没有落到她们内心

多好啊:一个幽雅
一个坚韧。而我

和那些面目全非的路人
只是点缀

2011 年 8 月 31 日夜

2009 年中秋

那一晚曾走近一个花坛，端详
射灯照美人蕉的脸，不像是真的
那一晚正在藤廊下拍照的女孩
和一对中年夫妇，被我打扰了
动身去我刚离开的花坛
继续拍照，实在抱歉
那一晚我看清了藤廊上的灯
走出那幅温馨，面对洛水坐下
那一晚有个男子，挡住了对岸
的光，我没有诅咒
那一晚水泥柱通体透明，广场
似梦幻，似冷场的露天歌剧院
那一晚洛水边赏月的大部分是
客居洛阳的人，操浙江口音
那一晚五六个七八岁的南方孩子
被大人说笑着，现出一脸的懵懂
那一晚一盏孔明灯从洛浦公园升空
缓缓向桥上的一轮明月靠拢
很晴朗，没有一丝云。

2011 年 9 月 11 日夜

残存的

清扫毕落叶和花瓣,困倦袭来
阁楼紧闭的蓝色,门格外抢眼
租居户搬走后,留下两小片茁壮的菜地
房主继续拉废弃物填坑,满足占有欲
出现在楼顶的男子打电话,大声谈生意
卷闸门呼啦啦响过后外乡人送馍去了
一群鸽子有一阵盘旋在村子上空
每个人每个家庭不制造垃圾简直不叫过日子
即使针眼大小的黑昆虫也有读诗的权利
蚂蚁在下午的投影比自身大两倍
恢复了方便的处所石棉瓦棚再次被捆紧
所有闪现在秋雨中的幻象统统蒸发了
残存的足够支撑我们悲惨的命运和肢体
此刻,天蓝得多么奢侈啊!而无人
开发贩卖或据为己有,为我所欣慰

2011 年 9 月 19 日下午

补白的诗

我是一首镶嵌在通俗杂志里
补白的诗,目录上根本就没有

我是一片飘舞在密林深处
秋光中的红枫,没有人关注

我是一份简装的被人一再拒绝
忽略的礼物,每天还在坚持送

我是一滴流淌在玻璃窗上
悲哀的雨,模糊了你的视觉

我是雨巷尽头那盏孤零零的灯
被散落的密集的念珠包围

我是意志,是痛苦的深度
一个人在人海中沉浮……

2011年10月17日夜

母亲二周年祭

草封住了母亲的坟
二弟感慨：今年天暖，虽已深秋
"记得老娘死那年，树光秃秃的。"
"那一年天冷得很，九月就下雪了。"三弟接了一句
儿子从云南回来，早忘了
山腰上奇遇的山鸡和熟人，低头
薅草，无语。然后提出
第二天来时，带一只镰的建议
兄弟们都很坚强。依然是姐
哭成了泪人，一把血染红了锋利的草

2011年11月2日（旧历十月初七）夜

雨 夜

电视画面干燥得不可思议
尤其是冒雨去街头买烟回来
鞋已湿透。水洼需要多少雪花
才营造出黑和光芒的氛围
当你去买烟又恰好路遇
冒雨但并不匆匆往家赶的少女
说那是爱抚的一瞥多少包含
热爱生活的动机,那么
不用危险粉饰,再浪费一页眼神
电视画面干燥得不可思议
真的。只有雨夜中冒雨回家的
女中学生,有点诗意

2011 年 11 月 6 日夜草就

不问芳名

我知道我身后用鞋后跟
敲打路面的女人

不是故意敲打我的心扉
绕开积雨,怀揣瓶酒

我很想回过头去。可当我
走过街区,她竟然追上来了

举着黑湿的伞,藏起上半身
仅送给我半截耸动的并肩数秒的投影

我心里很清楚:我和她不过是路人
所以,不能像疯子那样转身

2011年11月7日夜

新传奇

我坐在屋顶独酌的样子
被卫星拍摄到了。几个美国人
在某间办公室研究我忧郁的表情
从落叶纷飞的迹象看,这
是个浪漫型的人,且长期患
严重的精神分裂症。不过综合看上去
似乎好些了。这家伙嗜酒,嗜写诗
喜欢步行,知道脚和腿的用途
至少每晚上升到房顶散散步
星月下,同一个时间,同一个地点
出现在不同的方位、角度的人影
就是他。是啊,从未见他慌慌张张
或作剧烈之运动,是个与众不同的中国人
也许深谙老庄、孔子的哲学。与世
无争,得过且过,但仔细端详
这个人内心非常孤苦。甚至有欧化倾向
依据是:杯盘间译成中文的那些书
总之,我们的卫星发回的这位中国诗人的照片
千篇一律。我们对他很有兴趣
瞧,由于缺乏行动,他提前穿上了大皮靴

2011 年 11 月 8 日夜

观落叶

杨树叶不停地飘落，不停地
飘落，将院落和菜地覆盖了
老父每天早晨都用扫帚扫
隔几天，站在菜地，耐心地
用自制的工具，一片一片清理

但杨树叶还在不停地飘
不停地飘，屋顶上也落了一层
稀疏的树冠上，黄叶还剩下许多
还剩下不少……或许明年春天
还会层出不穷；只要树不被砍倒

这是我母亲生前与父亲种植的
这些落叶由于父母它们才不停地生长
给邻居遮阴，然后泛黄，随风飘舞
为了抒写今日值得回忆的情景
这首诗也是他们预先替我将草稿拟定

2011年11月10日下午

在旅馆

穿短裙的梦菲
不认为,雨又开始下了
在我们想象力达不到的某一地点

可见,叙事坚决不同意,轻易
动用那页纸

那么,透过午夜的窗口
我们真的迫切需要浏览一次
雨的形状

诗也许是隐喻,也许
更确切地说,是一个懒汉在寻找
——一个词语

2011年11月17日夜

秃头歌女

吹箫引凤是我门上的横批
岁月回放但落叶仍不肯起飞、返青

鸽子之悠闲属一小时前的幻觉
菠菜间觅食的灰斑鸠印象模糊

冬日聚会的麻雀在杂木间争吵
两天的晴朗岂容多云否定

菊盛开得灿烂无奈主人逃逸
物被冷落因为物乃人性的延伸

所有树木都具备形而上的冲动
散文诗写手一个个全变成歌女且秃头

如今之婚姻更像是一阵雨,一个狂想
撕扯完你我又撕扯浮云的衣襟

2011年12月9日下午

万里无云

渐变的蔚蓝色
到了中天
竟蓝得愈显深厚

叶子掉光的钻天杨
山楂树和榆
构成枝叶丫交错的满幅

一半暗
一半在反光
房屋倒像祭坛

我坐在屋檐下走廊
尽管躲避阴影
后来

换了一个角度
但内心依然晴和
没有俗事打扰

2011 年 12 月 10 日下午

迷失在不开心的大街中

入夜的大街
有一阵充满了买与卖
放学的中学生和汹涌

让我口渴得无所适从
尴尬在街边
估计有漫长的十多分钟

走过小摊市,甚至没有搜索到
那位夏天卖凉皮的陕西娘儿们的倩影
黯然地拎着打折的《随园诗话》和《诗经》

我迷失在不开心的大街中
我出生、成长、有时不得不离开的小城
竟向开三轮的乡下人打听茶馆

啤酒太凉。葡萄酒若冰
赶回家泡普洱茶,则会破坏
此时此刻有所期待的心

所以,只好躲进空荡荡的西餐馆
与爱吃甜食的少妇和一年级生

喝一杯热牛奶，两杯烫咖啡

找到了读书的佳境

2011 年 12 月 14 日午夜

示 儿

父子冲突应该不会再发生
无人理会但我还是要提前写
忏悔录。宁愿前提是
放弃自尊,返老还童,重新
学习做,你三岁时的父亲

但所做的一切已不可挽回
所留下的遗憾,借百世
也不能赎、弥补。谁让你
是一位穷诗人的儿子呢
既来源于诗,那就是我另类的创作

几乎每天都在想你,吾儿

2011 年 12 月 14 日—15 日完稿

人贵有自知之明

除了是自己,你谁也不像
试图借光,可你感到很别扭
爸妈的遗传基因,你究竟继承多少呢
我反对我父母,乃不肖之子
所以,日子过得一塌糊涂

在我有生之年除了写诗我打算再写几部
我无钱去拍的电影。既当不了奥尼尔
也成不了福克纳或曹雪芹第二
只好成为自己。一个
令人过目不忘的电影编剧或诗人

2011 年 12 月 15 日下午作

鲁山公园记

种植在脑海的桃林,桃园
遮蔽的叶茂村,从儿童望远镜里看
距我们顶多一米。仿佛看守桃子的农民
此刻仍隐身在桃园,搂着猎枪打盹
与我们相隔近四十年百米的开阔地

其间,踏青、背唐诗、初恋、捉蝉蛹
都可以作为浮光掠影但与此地有关的插曲

是啊,我们当年就埋伏在将相河
头探斑茅墩,警觉地朝桃园观察了好多会儿
然后,一跃而起。向桃树发起攻击
可紧接着一声訇骂,仓皇地败下阵
连桃子也扔了,顺着河沟逃离

我们怕听见传说中那可怕的打兔子枪的声音
真的。就像怕,已围城三天的九纵二十七旅

2011 年 12 月 18 日下午草、2012 年 1 月 5 日夜脱稿

雪夜洛河

那些铁椅就这样,一直
在河岸上散落,独坐,空守着我

有些地方,白漆已剥落
露出斑斑锈意。雪完全覆盖了

甬道上,没有一行脚印
寒雀和游人终于销声匿迹

除了黑乎乎的河水,一切全是白的
甚至睡眠这个词,包括我此时的写作

凉亭肯定还在吧,只是
太新了。需多少时光才能做旧?

2012年1月22日凌晨1点21分

春雨贵如油

雨,终于下了
真的。在雨水之后

我特意去拜访了
与萌芽一词有关的树

没有什么值得哀挽的
似乎

鸟鸣也格外悦耳
用的是婉约调

若宽容,就宽容
那些无病呻吟的诗人吧

我发誓
话绝不会轻易说

2012年3月2日

我的前生是只鸟

有时降落深谷,拼命飞回山顶
有时飞离行人,到了城市大铁桥上空

有时扇动手臂,仿佛在天上游泳
有时升高,飞过爬满丝瓜的衣绳

有时想飞就缓缓离地,犹如夏加尔所画
有时飞越涧河,一点儿也不轻松

有一次则像是:围绕地球仪
或一幅无边无际的地图

作环球飞行,飞掠各大洲。一路
鸟瞰着那些:标着地名的陆地和海域

2012年3月5日夜—6日中午

后记:曾经有很长一段时间,我总是做飞行的梦,另有翻阅地图册的嗜好。这首诗取材于10多年前无数次真实的梦境。原计划写篇散文,并在1999年秋冬,拟好"我的前生是只鸟"的标题,同时写了一些片段。这些年,几次欲成篇,均不如愿。今晚散步屋顶,又想起,犹豫间,决定草就。结果,以诗歌的形式完成,更符合天意。诗本来就是梦。

写 作

街头卖菜的老妇,也有
下班、收摊的时候。孩童
学半日功课,欢喜地往家奔
收获一生的老人摇车访友
少女到了夜晚,变成超现实主义者
而和平时期的写作无疑是另一种战争

2012年3月10日夜

草氏兄妹

草花
你曾经是我剧本中的人物
半个女主角。春暖
花开时,身小却从不肯示弱
到处有你的身影,永远是那么年轻
即使栖身墙角,也要与百花争春

草根
你是草花的哥哥,剧本中
我这样确定。你的名气
很大,尤其在网络
甘愿在地下,幕后之英雄
冬日藏好妹妹,春天举过头顶

草叶
你有个日本少女的小名
深知世态炎凉。总是
抢先怀春,所以是草花的姊妹
我不曾忽略过你,但没给你分配角色
因为你太抢戏,适合做一名美工

2012年4月4日午后

失眠作

无人赏月的春夜
花寂寞地开着
但几乎每所房屋
都躺有失眠者
许多事困扰我们
一幕幕在脑海重播
靠什么洗掉那些影像
并删除令人不快的话呢
反复改变睡姿
可仍有面孔闪过
躺下又重新坐起
翻乱一页页书
谁的狗在叫？
谁披一身月色？
谁此刻在月下行走
就一定没有烦恼
火车愁苦地满载
怎么也运不完的月

2012 年 4 月 5 日凌晨 2 点 57 分

清　明

早晨醒来就知道
无雨，继续升温
午后睡梦中，土匪
开始攻城。当家的
好像是个小人，准备
里应外合，攻破我梦中的
城。因此，不得不醒了
紧接着，电话铃骤然作响
看在老父的面子上
我不冷不热地接住
很不情愿地说了些废话
入夜，月光晦暗不明
近八点，满城焰火
唉，人生就是如此荒唐啊
在同一天，既祭奠死去的人
又迫不及待地迎娶新人

2012年4月5日（农历三月十五日）夜

春之祭

梨花落了,就这样,我没有挡住
很多花落了,就这样,我毫无办法
风想干啥就干啥,没经我允许
我搬出诗经、老孔,显得我很无能

日子,像拉金所说,不用解答
春天当然,一年中更娇贵,所以
我有个计划。即使酷暑来了,也
用不着害怕,暂且把夏日当作暖冬

梨花落了,就这样,从古至今
很多花开了又落,简直是传奇
雨想下就下,那就由它下吧
我绝不搬弄是非,愧对今春

2012年4月10日深夜

记暮春的一个阴天

没有雨,祈求也没用
二十多年后,重读庄周

天气预报说阴转晴,看来
明日仍需往春深之处潜行

有一瞬神游于西南山区的古道上
步行,没有汽车干扰

回过神,危然处其所①
但,再不做道家打算

2012 年 4 月 20 日夜

---

① 语出《庄子·缮性》:"古之存身者,不以辩饰知,不以智穷天下,不以知穷德,危然处其所而反其性,己又何为哉!"

去网吧的路上

小树林里兰花开了吗
麦穗刚出,离养花远着呢
月下,木棚冷冷清清
得等到腊月,才重现火光
投影,忙碌的种植户。说不清
颜色的田野上,有一列货车驶过
如果是亮灯轻快的客车,悄没声息地
驰掠,会显得神秘兮兮。我不信鬼神
但害怕活人,所以多次于酒后
平静地穿越午夜的坟地
哗哗流淌的将相河,流过铁桥后
早已改变了旧貌。三十多年前夏天
我曾在清澈见底的小河里游泳、洗澡
当年,河床上还铺着一层温柔的
细沙呢,如今却成了狭窄的污水沟
挤满了杂草。美好的事物
就这样莫名其妙地消失了

2012 年 5 月 1 日夜

月夜最似梦境

月夜最似梦境
尤其看月白色的事物和投影

狗吠,你可以听而不闻
但整个村庄被月光占领

德尔沃睡在墨绿的树上
契里柯已出发寻找蛙鸣

梦游人正梦游在幸福的边缘
你不可在午夜就唤醒

2012 年 5 月 5 日凌晨 1 点 25 分

八行诗

昨晚强烈的诗直觉已经减弱
空气也被一个烧旧衣的清洁工污染了

月,明显没有昨晚亮
月下的事物,分明被谁动过

四行诗与同一个地点都不准确
一定是哪些词语先出了差错

火车驶出火车还是火车吗
我认为完全可以在玄学里另凿一条隧道

2012 年 5 月 5 日夜

再见，鹁鸽崂
——给青少年时代几位乡下朋友

一个人告别新村，从破旧的老村巷穿过
忘掉往事，忘掉荣辱，也忘掉
新添的伤痛。大浪河河滩上
一片杨树林成为鹁鸽崖绿色的屏障
往昔的旧貌与欢乐，再也寻觅不到

沿着村姑指示的方向，背离村庄
踏过几块预制板搭的小桥，爬上山坡
一位蹲在，篱笆园里的老农说
向左，一直向左，我瞥见
绿树掩映中他的屋脊和银色的大锅

依旧是我，依旧是荒坡，依旧是
若有若无啊，乱石崎岖的草径！
谁在开垦的处女地栽上一米高的果苗？
谁似乎听见三十三年前大雨中
闪电与闪电相互追逐的回声？

荒坡上空无一人，空无一人
只见积水的采石坑、白了头的草
山神和小庙，一只被我惊飞的鸟

一辆老式拖拉机咳嗽着,艰难地
在我身后另一条坡道上颠簸,颠簸
成为我脑海中俯视郑尧高速时淡忘的背景

2012年6月2日夜草,5日夜修改

穿越十四行

每天都可以听到一些鸟鸣
早晚都在屋顶纳凉、呆坐
近日读澳洲某华人的图腾世界
他开的药方大多是心经和大悲咒

无量无数的水果在乡野间膨胀
那闪烁反光的是绕果园流淌的小河
进城的姑娘端坐在高速公路桥架下等车
骑自行车上学的女孩出现在乡村公路

在我目力不及的地方天鹅正飞越
腾格里沙漠，郑州新客运南站
仍有不法分子截留倒腾乘客

有人环游世界三周早已回到
出发的地方，我仍徒步
行进在亚洲某条幽深的大峡谷

2012 年 6 月 19 日

求职记

梦里,我拆开
一本本旧笔记簿
旧信封,终于找出
那份字迹模糊的毕业证

墙上的旧表格
旧报纸,和办公桌上
尘埃落了一层

火炉集中,灰烬依存
为什么偌大的办公室
空无一人?

或许,一本
将一把空椅子
占据的诗集
代表众亡灵

2012 年 6 月 25 日下午记梦

草原梦

迷雾中还是能分清敌骑和友军
凭感觉变化总不离自身
雨可以落在雨的周围
道路等天晴总会变硬
需改观的只是形式
但任何一种形式
已包含内容
牢牢地守住内心生活
醒来和睡去只是一瞬

2012 年 7 月 5 日凌晨 4 点 15 分雨中记梦

夏日,一笔流水

去清扫风雨弄脏的屋顶
把腐叶沙尘搬远
见粉蝶歇于梨木
闻蝉鸣自绿荫
阅佛教小册子数页
炒西红柿筷豆少许
觉额头一再疼痛
喝一碗解渴的小米
因近视看事物模糊
疑榆树皮是麻雀尸体
拆十个软包装烟盒
记一笔夏日的流水
出屋到室外透气
给猫咪一点关心
叹吾是知天命的傀儡
客居人间伤身

2012 年 7 月 16 日草

属于诗人的日子已经不多

删去吧,昨日
加今日烦恼的光阴
我个人强求这一删除

删除吧,满怀的希望
青春期加盛年的挽救
我个人需要这一删去

正像所有人忘掉磨难的日子
正像所有人睡一夜就忘了往昔
正像老年人每天恋恋不舍地撕去一页日历

是啊,我们的生命在减少
是啊,我们失眠,做梦,因为很难得有一个好心情
而我,一个四十九岁的诗人开始倒计数

2012 年 11 月 1 日下午作

世说新语

仿佛
前生的一个小沙弥
可为何还与人间之
万事诸物动气?

原因
我估计
我前生的那个小沙弥
六根不净
爱上了

比自己大
十岁的
二十六岁的
妮

2012 年 11 月 1 日夜作第三首

头发乱了

那铁门哐哐当当
在万里无云的蓝天下
被风撞响

很奇怪，深浅
不一的秋叶，竟像
用针线缝在树上

像碎发，贴在
我依然光洁的额头上
蓝天没有皱纹的脸

呵，如果风再小一点
再小一点，这就是
我喜爱的晴天和蔚蓝

2012 年 11 月 4 日下午

大部分时间

> 诗歌不是内分泌,而是痛苦的结晶。
> ——题记

我所有的日子不可能
都变成诗歌和散文
不得不给空虚留下一半

空虚意味着沉默和独酌
甚至是空白和失语
那时,分秒已将笔画拆散

这就是说,大部分时间
我任凭昼夜自然转换,至少
用两个我去喂同一个梦

2012年11月4日下午

继续,不得不继续

继续读人生这本厚书吧,尽管已读了大半
继续探索自己与世界的关系,有什么奥秘?
继续将写作当成你唯一偏爱的习惯

首先必须弄懂的估计还是我本身
然后需考察对我有绝对影响的四季
第三才是政治、经济、社会和地域

如果对汉语不了解你将成为三流诗人
如果无病呻吟你将会失去自我
如果那么但是假设将对你毫无意义

看一场雪如何飘落确实有点民间
躲一阵风雨如果至今仍呆在洛河旁一座凉亭
我敢肯定:我依旧是我,风雨依旧是风雨

2012年11月4日夜作当日第三首

傍晚的措辞①

本不打算以学院派的风格
写一首诗,但被激怒

傍晚的措辞是:当日落
风,自然会平息

汉语强调、说明,一日将尽时
饰演风神的暴君,由于它的猖狂和隐身

不仅秋叶不肯黄,飘飞
连浪漫派,也被它省略,抛置

在脑后。但特洛伊陷落了
战争已经结束,害苦多少古典诗人

譬如荷马,抱恨而吟,说唱
并弹琴;出走的埃涅阿斯

冷漠地让狄多殉情、焚身
放弃了一座由美丽的女人统治的

---

① 又名"致风神"。

美丽的城。多少时间消失了,透过
俄语和霍金,布罗茨基的诗,仍能看清

凄丽的女王,狄多,她绝望的眼神
火光熊熊燃烧,映红海滨

2012年11月4日夜作今日第四首

自述（我多么想成为乡村诗人）

我那么想成为乡村诗人，可我记事前
就住在城里，是一位手工业者
铁匠的长孙，擅长锻打词句

好在小县城，城与乡并不分明
套用二十世纪八十年代旧作
出城就可以回到可爱的乡村

绕城的村庄我大多熟悉
更远的西北乡、南山和西山
十七岁曾跟师傅开车去送过化肥

荡泽河由鹅卵石铺垫一路向南
姑嫂石我六岁就在夕光中的驾驶室眺望过
印象最深的属寨豁：青青茂密的芦苇

清凉石板桥，以及寨壕里
清澈见底的水中游动的鱼，五金厂北墙外
老家在寨墙的土坡上，开垦的自留地

2012 年 11 月 7 日夜作

读道格拉斯·敦

语调舒缓,正好与我的呼吸合拍
均匀的心跳,敦已将特里街梦幻展开
艺术家的细节在词与词之间隐藏
包括虚无,也被层层叠叠的色彩覆盖

一次拜访的重要性,给联想以实在
转化一下韵脚,就可能使萨特破产
在词与色彩中地狱怎么会存在呢
他人,尤其是美女,给艺术家不朽的灵感

2012 年 11 月 7 日夜作

丁 香
——致罗羽

郑州晚报社对面的一株丁香
应该,也有记忆:我从山东归来
送我返乡的你

但在十年前的冬天
我享有进出晚报社家属区的权利
在你那儿栖居

饭是你做的,菜是你炒的
酒是你平均分配的
鸭蛋每人一个,是你夜间从平顶山回来

在街上买的。可每当对饮后,你睡了,
我却按捺不住,犯了老毛病
到处跑。因此跟保安混得很熟

2012年11月7日夜作

梦见一些杂志和书

梦见一些杂志和书,说明
我的头脑里,不但有一家印刷厂
而且,还有一家杂志社

当然编辑部和作家,以及
自由撰稿人也是有的,不可能
让我一人身兼数职吧

那样,压力和负担会很重
况且我天生就是一个懒人、闲人
不勤奋,更不喜欢刷锅和碗

倒是习惯了发发呆,写写诗
看看树叶和云彩,着迷汉字的笔画
继续做自己的白日梦

2012年11月9日晨4点50分

长沙，1984

——忆洪克顺

曾随我到湖南的日记本
几乎一片空白，什么也没记
记下的，竟然都在脑海

长沙的晨雨还在，春雨洗净的
春雨中的长街和绿化带还在
我乘坐的早班车，驶过湘江大桥

到荣湾镇时，四月的江面上
茫茫的雨雾还在；而橘子洲头
和岳麓山，笼罩在一片烟雨中

直到我们分手那天，才在我和她
眼前，露出迷人的令人心碎的眉目
她哭着，独自挤上了回宁乡的末班车

我哭着，独自踏上了回故乡之路
那一切的一切，恍如隔世的梦
今天，再次被我从记忆的档案室调出

2012年11月9日夜追忆，11月11日上午修订

航修厂，1980
——忆小马师傅

废弃的机场跑道上，他教我
驾驶黄河，调近驾驶室车座

航修厂寂静的军营里
副县长在给战士作报告

陪我们迁移锅炉的军人是四川籍
家乡已包产到户，令其安心服役

卡车装载着大锅炉，缓行在山脊
小马师傅的技术是经过战斗考验的

当锅炉安放在餐厅外，我才有闲心
想起大眼睛的同学郑丽丽

2012 年 11 月 10 日中午作

梦幻花园的园丁①

(给我的老师王国民)

这一切,应该说
来源于那个遥远的秋日
九月的上午或下午。你站在讲台上
对那篇作文的朗诵。真的
当时我也被迷住了:谁写的?②

直到你读完,向纳闷的我
和全班同学宣布,原来
我就是作者。惊喜间
一生的命运就这样确定了
并以选票最多,赢得喊"斯坦达普"一角

那年我 16。由于你,正式成为
文学爱好者。之前,解禁的小说和电影
已看过许多。在转抄你的读书笔记中
知道了普鲁斯特、萨克雷以及生活与镜子③
而生活,三十三年来,弄得我哭笑不得

---

① 标题借自前辈诗人徐玉诺先生《夜的诗人》之诗句。
② 没能如愿,也许是天意:鲁山少了一个平庸的小文化官僚,中国却多了一位出色的诗人。正如罗素所说:如果能成为哲学家,干吗非要当伯爵?
③ "生活与镜子"源自萨克雷代表作《名利场》,中文译作"生活像一面镜子,你对它哭它也对你哭,你对它笑它就对你笑"。

这一切,应该说
都与你有关。真的,不是抱怨
亦不是当年你当文化局副局长时
我却没有如愿调进县文化馆。而是
始终感激:你那双首肯我人生价值的慧眼

2012年11月30日夜

老豆腐汤馆

> 稿费迟迟不到,只好去打工。
> ——手记

一开始就不给好脸
还飘起雪花儿。冬眠的我
蜷缩在被窝,无论如何,也
不肯出镜。顶多,躲在厨房
做豆腐汤,想一想洛阳

那里有大骨汤、姜汁和炒面
甚至罂粟壳。配料齐全,出味儿
喷香,喝过还想喝,物美价廉
在西工、老城、东花坛等地儿
有众多食客和市场:老豆腐汤馆

曾有一个月,我凌晨三点起床
从安乐窝,步行到大杨树
天天打师院门口、几辆红色出租车旁
经过,天天遇见那位骑脚踏车
送奶的,像个幽灵,奶瓶

咣里咣当直响，从我身边飘过
她一定还记得我们在昏暗的
街灯下，相遇的情景
她一定对我的身影还有印象
她一定像我一样：是个贫苦的下岗工

是那年的那个月，在路上
和我擦肩而过的伴儿
因为一开始，我就提前
过马路，一直走左边儿
整整一个月，每天都这样重复

切葱切蒜薹切姜切大青菜
不是切几颗、一捆、几块，而是
大量地切。不是随便乱切，而是
有规格，很讲究。整整一个月
每天都这样重复：摆碗

加配菜，往门外搬桌子搬凳
川流不息地收碗抹桌子扫地
每早至少刷 300 个相同的
印有清洁公司字样的大白碗
弄得我现在，一看见脏碗就烦

还得忍受老板的训斥，骂我
慢手慢脚，不提高工作效率

这家伙曾漂洋过海,给日本人
打过工,是个暴躁而善良的人

总之,早餐刚过,又得
和烩面炒炒面炸豆腐干
抹桌子扫地准备午餐,只能
抽空,赶紧往 500 米外的加油站
厕所跑一趟,免得忙起来挨骂

12 点,紧张的遭遇战又打响
即使年轻、漂亮的穿蓝制服的哑语
也顾不上观察。下面的老板说
她是汽车配件城打工的大学生
每天来咱们汤馆吃便宜的油泼面

总之整整一个月,总忙到下午四点下班
总之整整一个月,每天从大杨树
再步行回安乐窝。穿过午夜冷清
而午后热闹的大街,然后就是上楼、上楼、上楼
将自己放在椅子上,开始卷烟

或喝半斤酒,或重读
从地摊上,淘来的两元一本的
崭新的《洛丽塔》《老人与海》
李渔或川端康成的作品
我从家里带去的几本又一次丢弃的书

或从修复的老洛阳桥南头
散步到桥北头，瞥一眼垂钓者
瞥一眼叫嚷的小贩，瞥一眼那些
忙忙碌碌的一张也不认识的脸
或在洛浦公园孤单地坐片刻

2012年12月1日—2日夜追忆

初 冬

初冬，季节又摆出一副阴冷的脸
逼我就范。思前想后，如果
太渴望实现潇洒的逃逸和挣脱
那么无疑会重获自由与自尊
但所有的工作必然停顿，计划将
全部破产。面临选择，我该怎么办？

家，我虽然一直认为是客栈
但实在待得太久了，使我早已丧失
一切做人的尊严。与其忍辱负重地活着
为什么不去寻找一家新的客栈，即使
它同样不是一生中最安全最可靠最温暖
的港湾？面临选择，我该怎么办？

每个人，每个成员都在为自己考虑
都是那么自私贪婪。只有孩童是无辜的
最值得疼爱。而成人包括老年人，越
来越丑陋，阴险，早已暴露其狰狞的
真面。让我对人生一再失去美好的概念
面临选择，我该怎么办？再次冬眠？

2012年11月29日下午

此刻,仅有此刻

屋后,羊在雪地吃
雪埋住的枯草。这是今冬
剩下的最后一份口粮

白茫茫的黄昏
看上去什么都没有发生
是呵,路灯刚亮

然而,下雪的傍晚
白雪覆盖的屋顶
谁,留下黑脚印一行?

2012 年 12 月 13 日傍晚

磨针溪

如此寒夜
怎会想起磨针溪
一个陌生的词语

没听谁说过
况且
也从未到过那里

抽象地一闪
但还是纳闷
可能前生硬闯进记忆

磨针溪?我又默念一遍
但让大家失望的是
与任何人无关

唉,磨针溪
且不管它究竟在何处
总之,这地名很神奇

你想,能把一块铁
磨成针,可见那条溪

一定耐心、碧绿

2012 年 12 月 10 日深夜,作于四十九岁生日

黄金时间

环顾亮窗,几乎
全部闪着荧光。人家
情不自禁地进入情节
暂时,把现实遗忘

这是周末,几个孩子
在灯下游戏,但很快散了
室外,屋顶上挺立的
只有诗人和冬日光秃秃的树

这时,一个晚归的女子
走到小石桥旁,喊了几声
敲开亮暖光的烤烧饼作坊
顿时整个村子弥漫烤饼之香

2012 年 12 月 15 日夜

微博时期的爱情

不能让她牵着你的鼻子走
不给她旧梦重温的机会
必须调动批评家的嗅觉
像那条被斯坦贝克揶揄的狗
尤其在冬日头脑还算清醒时
不被她箴言般的微博所迷惑
因为,也许温情的公开化
可能正是在老公的眼皮子底下
明目张胆地与网友调情,套
网友的话,而他又不好指责
(不然又得吵,将他休掉)只能
干瞪眼地再次偷偷打开她
空空如也的邮箱和纸条筐
像从此以后不断吃倒霉的闭门羹
眼睁睁看老婆给情敌诉苦、发暗号
哈,这招也真够损的!真聪明
再没有隐私和绿帽让他担忧
可惜,出手快,但这次 OUT 了
他不该抢先一步坏了你的好感觉
她不该弄得你当初很亲和,如今却
抗拒着,抗拒着,抗拒着她和她的微博
但最终还是心甘情愿地进了

她预先设计好的圈套：温柔乡

2012 年 12 月 25 日傍晚

被借用的生平

借用的生平,甚至当事人自己也意识不到
哪些故事情节,是从别人那里听来的
这种不能说偷的技巧,个人的最高虚构
史蒂文斯恐怕也掌握不了,更别谈破译

譬如,米沃什和我都写过互换的臀部
但那是故意向他借的,此刻我偿还
并谢恩。可是我听说夏奈尔竟然借用过
法国那位著名的隐居诗人的生平,令人称奇

当然勒韦尔迪只顾在道院写他的箴言
对此,可能一生都毫无察觉,是研究者发现的
至于我的小同乡,把他学徒期
听我讲述过的初见森子时的印象与感受

当成自己的,写进一篇文章,也没什么
荒唐。只能说明:他记忆有误
拿错了雨伞,或忘了,他从家里出来时
根本就没带伞。他是趁雨的间歇

尾随别人,闯进了这间金碧辉煌的大厅
去年,一个雨天,我们两个人聚会

喝酒时,我笑着,向他指出了这点
他顿时现出满脸惊讶,而非影响的焦虑

2012 年 12 月 26 日下午

又下雪了

这个冬天很冷,今晚
又下雪了。我赶紧钻进被筒
把自己捂严实放稳。鼻炎
已反复发作,不敢在室外赏雪
更不敢学往年那样,酒后当
夜游神,在午夜清冷的县城
满大街寻找早已丢失的亲人和青春
只是在枕边打开手电,照见儿时
学游泳的池塘:那一汪又甜又腥
的绿水,仿佛还在呛鼻
呵,所幸家不在东北,没落下
浓重的鼻音,既远离寒冷的
环境,又跳出遗传学包围
虽领略许多冬趣,却从未吃过冻梨
和森子老兄,没做过一天邻居

2012年12月26日夜

朗诵会

诗人到一起,其实有很多
与诗无关的话题,甚至
有长舌妇嫌疑。看了名字才知道
原来罢诗不写的人,也带着脸
出现在朗诵会。策划者不是仁慈
就是想一网打尽,但打了些什么呀
漏网好几条鱼,并且是大鱼
呵,又看见一张似曾相识的脸
哦原来是老船兄弟,又是十八年
没见。怪不得没一眼认出:胖脸
已变成瘦脸,脖子上戴着哈达
一条红围巾?还是那么迷信
当年在建设路离别,请我喝羊肉汤
当然,旧梦可以重温,只要问心无愧
瞧那些新面孔,不也在拼命,拼命
展示自己?内心很焦急。可展示什么呢
诗如果写得一般,完全可忽略不计
而午夜除了你,没一人肯起床
跟明月打个照面,告别这一年
不包括那些背井离乡的赶火车的人
诗歌并不大于一个人的生存

2012年12月31日午后

失　侣

> 连续两天,我梦到她:我前妻。
> 但一切,早已结束……是啊,如果
> 我不写诗,我们俩根本不会相遇,更
> 不会合伙演悲喜剧。
> ——题记

这个星期天,在我开始写作前
并不存在。包括树木,掉光了叶子
的树木,凌乱,和无秩序
以沉默对抗着冬季。我的沉默与其对应
尤其在孤苦的漫长的失侣的岁月

日子,所有的日子。假如
没有诗思作为填空,岂不荒芜、虚度
更黯然失色?然而不可思议的事情
都发生了:因为我还活着,还时常想起她
从二十九岁到四十九岁,酒喝有一吨多

2013年1月13日午后,于屋顶

十行诗

许多年前,梦到过你

改天,我会翻出
记载那个梦的笔记

哪怕它已经是一场

发黄的残梦,哪怕
你早已回到故乡,心灰意冷

此刻,只想在记忆里重温

是啊,对世界,我还
隐藏着永不厌倦的爱

由于你,由于梦想还在

2013 年 1 月 17 日午夜

苏州公寓

这首诗找到你时
几乎可以肯定,你刚
睡醒懒觉,打开电脑

穿着睡袍,就把窗帘
拉开了,悠闲听着轻音乐
很符合你们女诗人情调

阳台上的橡皮树和你一样
昨晚又熬了夜;优雅的姿态
酷似在郑州,人家送你那棵

苏州公寓在冬日下闪耀
可那年穿越绿城的街巷
怎么竟有了出家的念头?

然后去新疆走了走,然后
又独自去了台州。小白,近年可好?
河南这帮写诗的都挺想你

2013年1月18日中午

春节,大年初一

吃完团圆饭,曲终人散
扔下一堆脏筷子、脏碗
家,无非是一家最好的饭店
不用花钱,不用签单
当孙子的在路上,当然
更喜欢,一个个怀揣压岁钱
天也奇怪,骤然脸变,晴转阴
原以为要过个暖和年

室外,风打个呼哨
室内,老人独坐在沙发上
打个长长的呵欠,泪流满面
天下的宴席哪有不散?
高处不胜寒。冷风吹耳朵,吹脸
窗与窗之间,黑蓝
时不时,有天真烂漫:
爆竹,聚散,忘了人间

2013年2月10日夜速写

迷失在伏牛山里

车灯刚开始照见的是,一挂
蓝色的瀑布。如果,你没看走眼
然后,我记起周围,应该是一片
红色丛林。重要的是:某年深秋
三位年轻探险者的身影
在我头脑里,被彻底格式塔化了

这令我不是太失望。既然时光推移
共同的回忆,已不被允许。但幸好
有一瓶酒,仍然在雨中的漆树下传递
三人紧握匕首,屏住呼吸,听我命令
看残月在树隙与乌云间游走、出没时
各人潜意识里,重演了各自祖先的恐惧

天亮下山,三人各奔东西。伏牛山某山脊
没留下任何人的姓名、任何人与事的痕迹

2013 年 2 月 12 日夜

我丢失的

我丢失的都是好书
我丢失的都是好衣服
我丢失的大多是好人
我丢失的全部是好时光
前二者,是我不得不遗弃了它们
后二者,是他们抛下了我
每一本书,当初,都是我
喜欢读的,曾反复翻阅
每一件衣服,当初,都经过
精心挑选,曾随我到处漂泊
每一位好人,当初都对我
很友善,如今只剩下思念和遗憾
每一寸好时光,当初,都是黄金
最亲爱的,而如今只剩下些碎银
既然好人和好时光全都失去了
要好书和好衣服有什么用!
这世上如果没有少女和诗歌
所有的日子根本就不值得过

2013 年 2 月 23 日下午

上元夜

不登高,站在屋檐下
就可赏月。夜静下来了
因我在,月亮没有被冷落

如今的上元夜,估计比唐朝
差远了,没有往昔热闹
人不知为何,变得越来越冷漠

我知道,我也早被边缘化了
从身份到年龄,都远离人群
一个人的诗,为何两种风格

一种善于包容并概括
有着大家风度,一种
却依然是抒情诗人的软弱

2013年2月25日零点(正月十六)作

自画像

属于我的两扇窗,大大的
敞开在我圆脸庞的峭壁上
睡觉时,才被我关好
并垂下一副窗帘:长长的
眼睫毛。

仔细瞧我的头颅,多像
一座城堡!顽固而耐用
可惜我的身体,不会拔海而出
像飘浮的热气球
或著名的比利牛斯城堡。

我权且把我的躯体,当成
我灵魂的居所;我权且
就暂住在结构复杂的城堡
每天站在窗后,若有
所思地,向四面八方远眺

2013年2月25日凌晨4点21分

自嘲（一首拒绝模仿的诗）

又抽起自制的卷烟，喇叭筒
尽管是手工造，用写诗的纸包装
烟，却是道地的云南货。每支
你掏十块钱，也不会轻易出售

这可是一流诗人的原创。未来的
平顶山诗人纪念馆也难得珍藏
你若有先见之明，你就是
50名优秀特工之一。至少聪明得

像我崇拜的诗人伊丽莎白·毕肖普那样

2013年3月1日夜

矿工颂

矿工正式赢得我尊敬
是因为我好熬夜,喜欢欣赏
夜深人静的灯,夜风景

不怕你说我弱智,蠢
或驴肉汤馆前,当街挨宰的驴
只要你聪明,我们就都有救

都有光明。所以这么多年来
我们宁愿为你牺牲
给你制造写寓言,写传奇的机会

你不要不领情。错误地
自认为:你天生就出类拔萃
不知道感激、感恩

若没有豫西山地,天造地设的环境
地下大量的煤和英国工业革命
你吃啥?凭什么如此著名?

2013年3月3日夜

惊　蛰

太应时了，昨晚午夜我竟然
紧张地听见一只蚊子在室内鸣叫
担心冬眠已过，怕又要受到攻击了

今天，气温比昨天更高
室温此刻，已回升到 18 度。当然
近日抽芽的树，已多次向我预报

免不掉的仍然是我们
喜忧参半的老一套：午后开始刮
干热风，并吹来小城镇的喧嚣

投宿前，麻雀总爱聚集在光秃秃的
树枝上，乱七八糟地胡说、吵闹
瞧，晾衣绳上，我洗的袜子在飘

老父一整天都在耐心编织旧门帘
而当院，他拆解的自行车，却像一只
四脚朝天的怪兽。可怕的抱残守缺

2013 年 3 月 5 日傍晚

你能明白我在说什么

任何问题都没有解决

因此，我陷入成堆的问题

堆起来的裂缝。想无视它们

都不成。所以干脆无视它，假装

从不在乎。继续或改变

往昔的风格。继续回忆，想

做有她也有我的梦；因为今生今世

无人能帮助我，或代替我

在无人能够窥视的梦里当主角

这就是我唯一不想改变的

既然多少年来，问题一直悬置着

因此，我选择自恋，并加倍地惩罚自己

你能明白我在说什么。当然

除了她，她们几个，我又有了

新的牵挂。就是这样，没有轻松

往活得太深沉的岁月里填空。奇怪

的是，我一直着迷与她们有关的

怎么伴随并驱散浮云，终于大彻大悟

懂得迷恋并追忆。是啊，当初都是些美丽

纯真的少女，精灵，最终却变成了丑陋

愚蠢的女人。彼此谦让地分布在我失败的生活中

似乎，似乎从没有失过宠

依然保持着素面朝天的年轻和魅力
支撑我的命运

2013年3月5日午夜1点53分勿草

退化论

有了电脑以后,超过一半的诗人
失去了寂寞与孤独,连房间都不出
顶多走近窗前,欣赏带玻璃的风景

即使偶尔外出野游,置身于山林
也要带上有键盘和鼠标的
笔记本,以便随身敲打并翻阅

不再相信自己的头脑、视觉和感受
变得很用功,迷恋输入法和字符
以至于把麦田当成绿地或校园的草坪

世界就这样网络化了,一切
都沦为虚拟、动漫和游戏,连人类
的灵魂也成为网虫,在转椅上蠕动

2013年3月7日夜

幻灯片

从那些模仿者批量仿制的赝品中
你看见叙事的弊端。无灵魂和个性
一味机械地抄袭,比葫芦画瓢,就是
那么乏味、空洞。近就是远,你领教
势利小人的嘴脸;一幕幻灯片,在
文字的酸雨里抽烟,有霉斑和拒燃点
故,如此安排的作息和自由,最终
仍战胜业余。厌烦了遭冷遇的
体验,应该镀金,转化为调整句
读我的色相不如读我的思想来劲儿
外观裸露的肉体衣饰如果不燃烧
提供光和热,化为灰烬,其下场
就是腐朽。或坐等收破烂的上门叫嚷
凭窗呆望楼下的小树林,故意拖长尾音

2013 年 3 月 6 日上午

饥饿感

你总是将一条牛仔裤洗得发白
失蓝,无论走到哪儿都能穿
几家地方杂志的倾向,也妄想主宰
搞不懂为何站在梦设计的报刊摊前
却转眼在城市的人海中,走失了同伴

时间和记忆,就这样在变形和过去
进行时将你过滤。而这还不是最糟的
关键是饥饿感,每次袭来,都把你
像一只迷途的羔羊那样,驱赶到
街对面,父亲和大姐合伙开的那家饭店

分析怎么会做这样的梦,此刻
你成了自己的心理医生。同伴
支离破碎的脸,在模糊美学里
如何拼贴?也许你担心沦落为街头流浪汉
乞丐。但再无人像他,曾对你友善

2013年3月7日上午析梦

梦想家

在没有条件窥视别人的梦时
读诗是别无选择的捷径。电影
之所以吸引人,完全在于蒙太奇、似梦
你看见相似的梦想但成本不同
诗的制作,低廉得只需在右手上
连接一支笔。可一不小心,诗人
可能会付出一生的幸福乃至生命
正常人对诗人毫无兴趣,之所以
正常,是明白诗不能当饭吃
喜欢骂这些梦想家神经病
社会不再重视分工,对诗人不公正
但据我所知,现实中有饭吃的人
更爱做梦,梦想的野心远大于诗人
这就是人与猪本质的区分。不然
天上怎么有了飞机?不然电影
怎么人人爱看,简直成了催泪弹
令人情不自禁,满脸泪痕?而诗的无用
在于其奢侈,太珍贵,超越时空
携带着人类的记忆、梦想和追寻

2013年3月8日中午

鲁山,1944

电视上嘈杂的人语。警报声响起
即使有,也是进口的。空袭,使
整座城沸腾,人乱纷纷往四门涌

据说当年四门都有挤死、踩死的人
因此,县国民政府下令:将城墙拆除
当然城沦陷时,省政府早已逃离

那是史诗性的大全景。为表现乱、抗击
须频繁运用蒙太奇。用特写,描写细节
用解说和变幻的爆炸场面,展现时空和背景

譬如赖军长新编43师,在夜幕掩护下
轻装急行军;譬如敢死队员在炸毁
侵入东关的日军坦克时,壮烈殉国

譬如国民党空军的战鹰向行进在麦田间
的日军轰炸、扫射;譬如在四棵树清水河畔
78军怒吼着,挥刀向鬼子们头上砍去

2013年3月13日下午

杂　念

菠菜长得像大提琴，我是说叶形
快，快用洗菜的手捧住温暖的
不锈钢快餐杯。傍晚，暂时没下雨
天黑前，可上下左右看一眼
潮湿的地，阴灰的天，树冠朦胧的
绿和美。有些杂念的排除还来得及
近视和夜帮我不把事物看得过于清楚
给想象和回忆，留点空间和余地
所以喜新厌旧意味着改变梦想的结构
这首诗我没打算写多长多久，手机
的彩铃，就可以改变它的倾向
重复同一个词不是我的风格，而
想怎么写就怎么写是我永远的渴望
譬如这首十四行很随意的开始与变奏

2013 年 3 月 16 日夜 8 点 45 分

翠　鸟

不再给别人写，我就是我唯一的读者
治疗失眠，看来已无其他灵丹妙药
睡不着，就听一听夜吧，此刻
正有一列火车驰过，整个夜，室外
全是它。与旅行有关的记忆我开始翻阅
但我头脑里，竟然侵入了黑客
往昔的情景被更改了，有的画面被窃取
几个电视上看来的形象总在眼前干扰
证实：我看电视太少，对她俩印象深刻
快看那只树上的翠鸟，是我今夜的创造
讲故事的人跋涉着，远远地走到树下
他咒骂着怠工的笔，倒掉鞋里的土
因跟不上我的动作和头脑的加速度
只好被遗忘在纸上，听翠鸟鸣唱

2013 年 3 月 17 日午夜

一支怀旧歌

他唱着,追忆那逝去的……
月下,跳舞的人一对对像着了魔
你依旧一个人,在屋顶徘徊
深知,在歌声外,你已经变得无用
一支怀旧歌把你带回往昔这很重要
从废纸篓捡回旧稿,就像回收音符
将思念与悔恨都谱成曲调吧
赶快行动,披衣下床,再展示一次歌喉
舒缓地唱,回忆,重现那些旧时光
你仿佛看见月光里,浮现出她年轻的脸
无私的青春也在中文打字机滚筒上留下
爱的歌曲,冬日的毛白杨在窗外
多次发出疑问:是什么原因使她爱上
一个写诗的穷工人?为何又轻率离了婚?

2013 年 3 月 23 日午夜

回单位签到

一位好看的青年女工,新奇地打量我
正拐过楼角。她推着一辆驮幼儿车座的
自行车,车座是蓝色的,我们俩好像
在哪儿见过。从她看我的眼神分析
她刚签过到,猛然看见长发的我,似乎

有点儿兴奋。一间敞开门的屋内,窗下
隔两张办公桌,有两个面孔模糊的人
对坐。因知道是熟人或老同事,所以
我一步跨进去,一边有意大大咧咧说
一边向他们靠近:"我现在眼近视得

很,得走近才能看清是谁。"当认出
是仓库保管员王木,却一时叫不出名
倒是他开了腔,称名问我近况,才把
我从尴尬救出。尤其,十来分钟后
他蹲在楼下空地,捡起块碎砖,帮我记

手机号,那情景非常令我感动。接下来
给保国叔敬支烟,他一点也不含糊,说
"去吧,你福顺叔在那屋……"
我脑海顿时加深:他那大背头

鼻梁上架副眼镜,提笔微笑的神情

2013 年 3 月 25 日夜

绿

绿,舒展,比快进还慢
但一夜间,还是将树和草染遍
如果请马克·史特兰德来拍
会不会将绿拍得更舒缓一点
像一首诗歌那样慢?
春天,我醒来,模仿一棵树
抽枝发芽。喜欢说绿颜色的漂亮话
这时你如果看见,就表示也听到
我在重新扩展我的空间。相信
一棵树所说的吧,或相信一棵小草
所说的话,绿告诉你的,没有诗多
却非常直观。在我五岁时,它给我
的好奇心,留下了骑在五金厂木工房
外的槐树上,透视绿这个游戏的美

2013年4月5日—6日

孤 独

日以继夜,分秒必争地长成这新绿
放蜂人在河边,新搭起绿帐篷
槐树和泡桐又开花了,八年前
在河北岸,我碰到养蜂的女人,曾

跟她聊了几句。另一些女人在田野钻孔
隔着篱笆,我和她们说笑,调情
面目已经模糊。监工在远处验收木料
田野里,弥漫着田园诗般刺鼻的酒精

宿醉的我,迎着晨光向叶园走去
在我的面前,是美国画家霍珀画中
一条发白的路:绿草如茵
路伸向远处,路旁有一座上锁的木屋

2013 年 4 月 11 日夜

一个诗人的精神分析

一出川就被解构。看来还是相对
封闭一点好。尤其对一位大诗人
或出色的理想主义者而言,陷入变革
之中流,不如仍面壁一隅,继续
反对,观星象,做白日梦,免得浑身
是嘴,以持不同政见为资本。可惜已回不去
当然你有理由六亲不认,就有理由
将一首纯洁的诗,写得沉重、复杂一点
为自己辩护。但你不。而是干脆
设法将其处理得更轻松、更琐碎,哪怕
用平淡、乏味的闲适语重构传统和绝对
你被迫的迁徙和漂泊,以及满腹牢骚
自公元 846 年以来,还没有谁如此写讽喻体
所以你批完京城批山水,看哪儿哪儿不称心

2013 年 4 月 8 日下午

死寂的空谷

黄昏,借助夕阳租赁的余晖
我独自走进一道凄凉的河谷
看眼前狼藉的景象,白天,河谷分明
遭到一场洗劫,那些人刚刚散去
河已断流,不见鱼虾
积水的河滩上有一堆大鸟的羽毛
残骸。在一个接一个死水湾
我一再伫立,失望,注视着混浊的水
继续往河谷深处走,我似乎
知道一个源头。最后,爬到崖顶
在一株L形生长的粗壮的核桃树下
我发现崖下清澈见底的深水潭,晃动着
渐渐晃出:一个淹没的人类穴居的洞
呈拱门,水底散落着泡绿的砌石或砖

2013年4月10日上午记梦

路过新城区

鞭炮骤然炸响,循声望去
两只灰鸽子正迅速从大片楼窗撤离

拐进公园,洗一把脸,如厕
并加足水。瞥见光阴下的女环卫工

巡逻车,零星的结伴散步人
上了铁桥,或消失在绿荫

不远处
是堤岸,潼水最广阔的一隅

我发现了一个新的幽静之处
在超前的新城区,待了半个钟头

或更久。一个穷诗人,无意间
享受了中产阶级配套的待遇

2013 年 5 月 20 日夜

新夜行记

借助天光,树在低空延伸的夹缝
我行进在漆黑的道路上
你不要认为这是梦,虚构

除了偶尔汽车大灯撕破夜幕
照亮路两旁的树,显示出弯道和起伏
一路上仅遇见两个人,模糊地站在村旁

一位送我一瓶水,劝我回头
一位喝醉了,说 10 天前刚从广州返回
然而,我仍是固执地走,走,走

凭着意志和酒后的冲动
拉着带轮子的包,换洗衣服
我弄出的动静,无非是引发了沿途的狗叫

2013 年 5 月 21 日晨

计划内工作

院子下透了,地上湿漉漉的
我拿一把锤子,用力地砸
裸露出地面的石头

砸了一个钟头,手上打了个泡
把父亲从前的雨天,硬化地面的石头
每颗都狠砸到地下,至少凹陷一公分左右

我的小孙子来到屋廊上,好奇地看着
正是为了他,一岁零三个月的小家伙
我趁雨天,清理障碍物

2013 年 5 月 26 日晚

致我的传记作者

你像我一样是一个孤独的人,但不孤僻
与我不是同一时代。我坚信
某天,纯粹是偶然,你在众多死去的名字中
读到了我。发现,我对生命的热情早已变成了诗歌
变成了谜。除此之外,我没有向你提供
任何可以佐证我自己的东西,甚至一篇日记
一封给友人的信,合影。关于我的生平
可能也是断简残篇。不是我生前进行过处理:
除了作品,尽量不留下片言只语。而是
岁月太久了,一切都已随风飘散或被某人盗用
一如我曾经向别人讲述的,移在另外一个人的名下
但我的诗足以代替我的灵魂和呼吸。也许是出于
对我的兴趣,你开始研究我周围的人,社会
政治和经济,很奇怪当时,我怎么会与他们生活在一起
偏又格格不入;怎么会在如此困境中,坚持到底。以不变
应万变。最终把自己变成了汉字的鬼,写诗的亡魂之一
很抱歉,我没有带给你多少安慰。尽管我设想
这是一个异常寒冷的冬季,但你忘了开空调或暖气
而我,则以另一种方式,写下了我的梦想和经历

2013 年 6 月 17 日中午

紫扁豆

花,也是紫的。
房顶、墙头,到处是绿
推出这高贵的颜色

秋光下,成群的紫皮肤的孩子们
在生长、壮大
听不见它们喧嚷

藏在隐秘的豆荚里
一种遗传的基因和密码
在沉默中保持着

这种在周围人类的骚动中
集体静默的品质
难道不是天生的?

2013 年 9 月 10 日下午

完整的自由

我在秘密地写十四行,已经写了一些
对他人的判断,基本上可以定论
纵使彻底孤独的一天提前来临
我也应当设宴庆祝:我终于成为自己
为了更完整的自由,我付出了过分高昂的代价
但得到的少与多,我其实并不在乎
只要对面平房上那个消食的人
不再在我眼前晃来晃去,这个多云的下午
就一定能忍受。剩下的日子
该怎么过,我想还轮不到你发愁
什么人去占领尚未封顶的高楼
不是我关心的事情。你度过的每一天
如果能摆脱酒的诱惑该多好
那么属于你的幸福一定能重新获得

2013 年 12 月 29 日下午作

静谧的浴室

浴室里,除了一个年轻力壮的搓背工
还有一池清澈见底的热水,其他
没有第三个人。这就是我喜欢早起
洗澡的原因。更妙的是,今天
池子里的水温,正好欢迎我的体温
我试一试,就泡进了池水里
蒸气浴的窗是黑的,门紧闭
那种享受或体验,我从未经历,但
现在或以后,也不打算感受。我还是喜欢
呼吸自由、新鲜的空气。泡在池水里
我陷入幻想,等我成了暴发户,我一定
在别墅里,建个这种面积的浴室
供我自己和来访的朋友们洗浴。搓背工
当然聘最高级的,谁喜欢拔个火罐
按摩什么的,就请随意。所以我穿衣时
心情很好地回答,搓背工对我长发的兴趣

2013 年 12 月 31 日 12:00

哈尔滨

梦中,我困入这座小山包组成的边城
从一个丘陵,到另一个丘陵
总找不到这座城市的中心。开始
与儿子和一个姓上官的中学同学同行
在一座工厂和狭窄的街道里摸索
怀疑整个城市就是丘陵组成的迷宫
沿着交叉小径的花园,哥特风格的建筑
我陷入困惑和迷茫,有一次
公交车甚至笔直地成 90 度直角上升
可怕地在山上攀行。而与我有关的人
譬如我父亲,有一年外调到过冬天的哈尔滨
老友森子,老家在呼兰区一个叫林家的村
我四叔,当年在东北,参加战争
因喝酒获过一个处分。但目前他们谁也不在那儿
包括我自己,老老实实躺在床上睡
可我的潜意识怎么开小差,昨晚到了东北?
肯定是这几天我想起一个人,想起
从未见过面的当地的一位诗人

2014 年 1 月 19 日记梦

农　场

雪和月光先光顾
牲口棚，羊圈和鸡舍
墙旮旯里，也闪耀
反射着月光，和雪光
驴和马，牛羊，一只只
眼睛睁得大大的
仿佛世界仍然是神话
劳累了一年，人们
也该歇歇了。而天空
似乎憋足了劲儿，雪就是为了
在这时下。不是说
瑞雪兆丰年嘛，即使冲着
孩子们，也该凑个趣儿
过了年我孙子满两岁

2014 年 2 月 8 日下午作

俯视一张玻璃桌

这是一泓深不见底的湖
倒映着天空、白日和几株树
树冠上栖落着麻雀,几只
叫不出名字的鸟,偶尔有鸽子飞掠
反向飞过这座湖。我看见我的爱
在光滑的湖上游泳,一时忘了世界
忘了置身何处;这时,一阵风吹过
湖面上下起青果裹住的雪
啊,原来是杨花在绽放;直到
月亮升起来,闪耀在深沉的湖上

2014年4月13日 12:00

在输液中心想起已故的母亲

那年,我面目全非
从烟台归来,带回了噩梦
只有您陪伴我来到这输液中心
治疗我面部的感染
我还记得当时,电视上在重播
《新白娘子传奇》,漂亮的女护士
像是刚刚从卫校毕业:扎针
换药、拔针时,小心翼翼
尽管她始终没说一句话
尽管我们始终不知道她的名
但是母亲,我永远记得您的恩
昔日的病床,已经撤掉了
仅留一张普通的,谁来得早
谁占据,享受到输液结束
而我每次来,宁愿坐着
为的是把空卧铺留给儿童或老人
吵闹的电视机已不见踪影
这样很好,既节约开支,又不走神
浅蓝色六座医疗椅,靠大窗摆放
美观地展示出输液中心的空间和呼吸
九年过去了,母亲
护士们不知已换了几茬

最让人轻松、愉快的是
如今她们一律穿蓝青色制服
既安静又给人带来生命的希望
几乎都是 80 后，年轻的妈妈
总之，急诊科从主任到护士
一个个医术高超，心灵美好

2014 年 4 月 14 日 14：00

我的黎明俪歌

早上起来写一首诗
写一首恢复记忆的诗
写一首回忆往事的诗
但能不能说
我已经写了三首?
一首献给早晨
一首献给记忆
一首献给往昔
做一个完美的人

2014 年 5 月 28 日

人行道上,邂逅一名美女

她的漫步和一瞥显得是那么悠闲
她的素雅的裙裾是那么的自然和飘逸
她走在繁忙的大街,却纤尘不染

宁静地无视汽车和行人,仅对诗人一瞥
她是纯洁的缪斯吗?或是沦落风尘的女人?
转身看她的背影,依然是旁若无人

这么美丽的女子,波德莱尔曾遇
如果我记得不错的话,诗题叫
《致一名擦肩而过的女人》
好像是一个漂亮的法国贵妇人

这么美丽的女子,很多诗人都遇过
但是给诗人留下的形象,大多因人而异
譬如我遇见的这名美女,竟让我感到诧异
走过后忍不住,还是朝她望去

2014 年 5 月 26 日 19:10

去晋城拉煤的路上

去晋城拉煤的路上
透过挡风玻璃
我看见王屋山,像看见高大的屏障
灰蒙蒙地挡在北方
黄河已把黄河甩在了身后边

向右拐,我们穿过济源
然后再向北,爬上太行山
沿途寂寞的山村,一个个
令我陌生,有时为抄近道
我们逆着河谷上行,并给
太行山的山民,留下了买路钱

我不知当时
我们是否经过盘谷
那个被韩愈赞美的地方
也受到苏东坡的推崇,他说
整个唐代的散文,只有一篇盘谷

2014 年 5 月 28 日 11:59

去晋城的路上

蠕动着
一辆接一辆拉煤车
像一条蛇,最后僵在太行山上
从下午,直到夜幕笼罩

荒凉的山上,冒出
几个山民,沿车兜售
刚煮熟的鸡蛋、大土豆,和烙饼
在太阳落山的时候

夜间,突然放行
使我们的黄河又一次在高山上启动
师傅"啪"地亮起真空灯
这时,我听见他唤我的嗓音有点激动

我遵命探出头朝窗外望
只见死寂的太行山活了过来,下面
无声地前行的卡车都亮着灯,像一条
盘绕在山间的沸腾的火龙

我师傅一定是从后视镜看到了
这壮观的夜景

仿佛上千辆卡车一齐起义了,举着火把
向沉默的老区致敬

2014 年 5 月 28 日 20:30

重读马丁·海德格尔

我坐在扁豆架下读书
被串串紫花和绿叶保护
其中黑乎乎的竹木,支撑起
小小的棚舍。我暂时躲避在这里

在一把木椅上坐着,秋风
吹拂着紫藤和下垂的绿叶
证实我和世界活着
周围是午后的残照。我一忽

低头阅读,一忽抬起头来
似解非解地打量房顶周围
我熟悉的目所能及的世界
沉思蓝灰色的天空,存在与时间

2014 年 9 月 22 日 18:19

一个少年在奔跑

一个少年在奔跑,也可谓
攀登,在村子中央,在村街
这唯一的跑道;他背对着阳光在跑
在看似平坦的道路上,一闪即逝
没什么理由,跑,要什么理由?
他既然有了跑的念头,跑的意向
和冲动,就没谁能更改:一串跑的动作
意思是赶紧离开某地,恨不得以光的速度
跑到出生前,跑到他母亲受孕那一年
跑到一片空无,或一个美丽的少女
那时,也是雨刚下过,新月刚升起
到处是潮湿,接近成熟的玉米地
少女在村子中央跑着,像一个健将
闪过绿的树,湛蓝色的秋天

2014年10月2日 11:06

时间简史
(我是一个基因)

昼夜交替着,我走到了今晚
经过不少的空间,分、秒和钟头
但还在走,还在与分秒和时间为伍
所以,看我像看时间好了,我的一生
也就几十年光景,过完算完,是时间
的过程。但面对时间,飞逝的时光
也就一瞬,在人间一时灿烂,像焰火
曾给人间一个美好,来不及惊叹
按说,我没有任何理由抱怨
抱怨父母,历史和社会,一个星球
的诞生,也不过是偶然,大爆炸
我被强有力的力量推动着,推到
今天,而我所知道的我,不过是
一个过去的光速的结果,还在裂变

2014 年 10 月 14 日 20:51

梅丽尔·斯特里普

听秋雨声,我又喝起了小酒
那蒙蒙的秋雨,似乎比春雨还要多情
这时,你正漫步在秋雨中
头顶有万种风情,千种霓虹
在城市的大街上,在乡村的乡间大道上
都有你,披着雨衣,仅露出你
凄楚的面庞,或忧郁的嫣然一笑
就是在这一瞬间,我领略了你的美
并爱上了你,像爱上一首诗,终生
不悖;噢,美丽的秋之女人,你成熟了
在秋之梦乡的雨夜,你才肯袒露你的玉体
像法国中尉的女人,以沉醉在自我中
而迷人。在一片即将熟透的玉米地
我看到了你,在奥斯威辛我又看到你

2014 年 10 月 18 日 20:46

一穗谷

一穗不能吃的金玉米,和
一穗能生长、发芽的普通玉米比较
一位农妇偏爱金玉米,宁愿抛弃
普通的谷物,暴露了一个农妇的价值观
和艺术观;说明这个农妇不崇尚自然
有一颗《驶向拜占庭》的王宫贵妇人的心

而我却要那能生长的普通玉米
像鲁滨孙困在荒岛上,远离人类文明
某天,他发现岛上长出了几个穗子
"它们是十足地道的绿大麦"
我就这样像陶潜选择了我的隐居
结庐在人境,而无车马喧

2014 年 10 月 19 日 16:26

赏　菊

菊憋不住笑，已经开了
黄或紫色的花骨朵，在无人察觉的时刻
忍不住，露出第一缕笑，在窗口
在台阶下，在阳光中，眯缝着眼

等她终于笑开时，嘴再也合不拢
整个院子里，都听得见她哈哈的笑声
大家会发现，这是个性格开朗的女人
特适合与陶潜成婚……

2014 年 10 月 26 日 13：19

平顶山河滨公园
（赠阿九）

那时公园就已经败落，曲径回廊
架在干涸的土沟上；土山更土，毫无颜色
一片密林和塔松，多少给交谈增添了乐趣

这里的绿翠，主要集中在逢春苑
动物园更差劲儿，两只孔雀大概
早已变成土鸡；猴子像往常一样寂寞

只有儿童设施还在动作，一个顽童
坐在升降斗上，一个成人在一旁观看
而电脑的普及，意味着书法的珍贵

记不清从哪个门进去，又从哪个门
出来；公园的四个门，通往截然不同
的方位：一座走过诗人的铁桥

一座通往另一条居民拥挤的街道
一座通往适合写小说的车站，而另一座
通往人迹罕至的南郊，杭州或遥远的加拿大

2014 年 10 月 27 日 17：16

伊丽莎白·毕肖普

> 我没有私生活,但我清贫的日子,已经受到诋毁。
> ——手记

我喜欢她远离美国文化,对事物
聪敏而细致的观察。体贴入微的同情心
印在每一片海洋的沙上,言辞里
都是浪花和奇迹。大胆的风格像海鸥
飞抵她的领海,将所有的她梦想的作品安排

在亚马孙河流域,她甚至梦到了河人
懂得语言的细密,还有梦的跳跃
像人蛾。飞行在地铁里,与窗外
飞逝的气流比赛,并缩小成一枚
大头针,针尖被月亮吸引,似一滴泪

特殊的体悟是她的诗。让经验变成
英语的独特语言,可不是那么轻松、顺利
每一行诗都经过她仔细打磨,挂在墙上
勃勃而有生机。这是一种本领。以至于
走向言语的极致,类似在一所大厅里,悄声细语

无需想象或运用幻象,她只需将看见的
一切,精确地描绘,像水彩画般琐碎
如此技艺,都要比想象难百倍。看吧
在她的地图上,涂抹着奇特的异彩
在她的旅行日记上,记载着别样的经历

2014 年 10 月 30 日 19:00

新诗人

开始,像一个庆祝
他站在雨夜的街头打手机
与对方商议一个会议

这之前,则是一个五人小聚会
以茶代酒,他又结识了两男一女
而他们,刚爬完西泰山

接下来,他接受了他们的再访
这次,是在他的书房
除了出去吃饭,他回答了一些问题

关键是,他亲临了正在收获的玉米地
头脑一时被田野占据
一列火车,正远离他们而去

临分别,他站在街口挥手
他看到一辆吊车
横在他们将要经过的街区

2014年10月30日 15:03

麦田后边的山

麦田后边的山,有一抹蔚蓝
村子遥不可及,道路弯曲、遥远

孤单的牧羊人握着孤单的皮鞭
清脆的响声使蓝天更加高远

空气闷热,树荫在更远的田边
像一只孤零零的伞,偶尔的一阵微风

把青草吹弯。突然,一声混浊的秦腔
吼起,只见牧羊人冲着日头高唱

那倔强的架势,很像是一尊渺小的雕像
羊群在草丛中蠕动,白云从空中飘落

那高亢的歌声,在田野上绕了一个弯
渐渐从远山飘散。燥热的蓝天上

似乎闪现了一张俊俏的清凉的脸
顺着他的渴望,跌落在五月的麦田

麦田后边的山,有一抹蔚蓝

村子遥不可及,道路弯曲、遥远

2014 年 10 月 31 日 00：03

步行到网吧街

步行到网吧街,需要半个钟头
穿过路灯熄灭的半个街区
汽车站,和正在打烊的墨子商城
就到了白天热闹的商业街,恰好
小城的两家书店,就在这里

此刻,我看到这两家小书店
很冷清,看不见一个读者,而唯一
的读者,路过时,仅看了看玻璃
窗里透过来的我喜爱的书
没有像往常走进去,迎接女店员的问候
他要去网吧,办一件事情。时间
已到了深秋,今晚,至少在十年前
他有过穿越和夜游,在大家
都睡熟以后;他好像在全城试图
搜旧,而树枝在清冷的月下哆嗦

2014 年 11 月 1 日 20:16

无　题

灰白色的积雨云，降温的风
使我一时忘了，今天是年三十，一年中
的最后一天

我看见邻家的鸡，缺少了
几只羊的羊群，一两只灰斑鸠
若无其事地，在空院里斜卧，在屋顶上徜徉
飞落在我的近旁。为我平添了几分
难得的飞禽般的自在

能够剥离俗世的烦扰和家庭的羁绊
是多么幸运啊！我问灰斑鸠
它却对我不闻不问

2015 年 2 月 18 日

农事诗

父亲在温暖的小院里
种花植树,沉浸在一把铲子里

我愿他永远是这样
专心于农事

2015 年 3 月 6 日下午

无 题

傍晚的时候，我想写一首诗
构思着夜的羽毛，快铺展到房顶
村庄逐渐暗了下来，燃烧的树
慢慢熄灭了，隐约透出暗淡的红光

最后，随着一声叹息彻底变暗
又一个夜，等待着我去经历
但那坠落的火球，如今到了哪里？
将宣布哪座城市的黎明？

2015 年

冯新伟创作年表

1963年12月17日，生于河南省鲁山县城一工人家庭。父母均为五金厂的技术工人。

1970年—1975年，在鲁山县城西关五街红旗小学就读。家住电影院附近。学会游泳。对仿宋体书写产生兴趣，电影和连环画成为日常的最初的艺术启蒙。

1974年—1978年，父母工作调动，随家搬至县城东化肥厂。在鲁山二中（今鲁山二高）上中学。学会吹口琴。开始接触中国现当代文学。

1979年，去张店乡五里堡中学（今鲁山十一中）复习。作文《到校第一天》被班主任王国民老师当作范文在课堂上朗读。

1980年春，退学。购买第一本藏书《现代汉语小词典》（商务印书馆版），立志献身文学创作。有意识把写日记作为文学练笔。同时拜师学画（不久，放弃）。暑假，去二郎庙（今尧山镇）下坪，在河谷油桐树荫下，读完司汤达的《红与黑》。10月，初次到平顶山，冒雨游河滨公园，在东工人镇一朋友家玩了数日。带着几份《大众电影》和文学刊物返鲁后，即进入地方国营鲁山化肥厂车队上班，成为一名学徒工。其间，迷上郁达夫的小说，十九世纪作家福楼拜、莫泊桑、雨果、狄更斯等人的名著。

1981年春，去昭平台水库访友，读到让-雅克·卢梭的《忏悔录》，被强烈吸引。

1982年6月，购到卢梭《忏悔录》第一部。9月，去许昌八技校进行为期一年的带资培训学习，得以借阅学校图书馆大量藏书。12月，购得卢梭《忏悔录》第二部及其他哲学、美学等方面著作。

1983年春，未等培训期满，即回原单位上班。

1984年4月，去长沙，在宁乡县乡下一女友家闲居多日。在宁乡县城购得一批书。夏月，结识鲁山县文化馆创作员王新民，习作《浅谈细节的真实》（评论）发表在文化馆主办的一份小报上。8月，与友人结伴去石人山，途中遇雨迷路，在一无名山脊一棵漆树下度过奇特的一晚。10月，参加在昭平台水库举办的鲁山县文学青年笔会。11月，诗歌习作《归航》发表在《平顶山日报》文学副刊《落凫》。12月，参加《平顶山日报》副刊举办的诗歌讲座，结识蓝蓝、罗羽、邓万鹏；散文诗《南国月夜》发表在《落凫》。

1985年4月底，与罗羽、邓万鹏、高继恒、田歌等人登上石人山顶峰蛤蟆石。5月，读加西亚·马尔克斯的名作《百年孤独》（高长荣译）。10月，到平顶山市文联开会，邂逅蓝蓝，发现北岛诗歌并连夜手抄。二日后，再度登上石人山顶峰。11月，在鲁山县城发起组织诗社、创办诗报，任社长、主编。开始阅读西方现代派文学及美国现当代诗歌，尝试具有前卫倾向的诗歌写作。

1986年1月，加入河南省青年诗歌学会。11月，主持成立回声青年诗社，创办《回声》诗刊，任社长、主编。这一年，嗜读朦胧诗，对老庄哲学着迷。开始自费订阅《外国文艺》《世界文学》《世界电影》《诗歌报》《文艺报》《人民文学》等报刊，邮购县城买不到的新书。

1987年4月，读弗洛伊德名著《梦的解析》。5月，创作短诗《黎明时刻》。7—8月，迷上韩东等人的口语诗。9月，创作短诗《遗嘱》，读《诺贝尔文学奖获得者诗选》，散文诗《早安，朋友》

发表在河南省文联主办的《文艺百家报》。10 月，读马尔克斯《霍乱时期的爱情》。

1988 年 1 月，创作长诗《这个世界的颂歌》。6 月，《这个世界的颂歌》获极具影响力的《诗歌报》首届探索诗大赛三等奖。8 月，《遗嘱》获《草原》北中国之星诗歌大奖赛优秀作品奖。9 月底，在县文化馆举行的文艺晚会上朗诵《黎明时刻》。11 月，创作短诗《献给拉芳的挽歌》。此年，创作颇丰，但极少发表。迷上 1987 年度诺贝尔文学奖得主约瑟夫·布罗茨基的诗歌。

1989 年春，《献给拉芳的挽歌》发表在《诗歌报》。应罗羽之邀，加盟非非。盛夏，老船、龙吟、邵永刚等人来访。9 月 23 日，赴平顶山，受到罗羽、老船、龙吟、邵永刚等人欢迎，结识森子、海因。在平顶山日报社副刊编辑部的聚会中，提议创办同人诗刊。12 月，再赴平顶山，在联盟路一家餐馆与上述诗友聚会。年底，创作组诗《雪神》。读霍尔特胡森著作《里尔克》。

1990 年 4 月，《雪神》（组诗选三）发表在蓝蓝编辑的《大河诗刊》（河南省文联主办）。情绪持续低落，写作处于转型期。开始接触曼德尔施塔姆、阿赫玛托娃、古米廖夫、茨维塔耶娃等人的诗歌，以及叔本华的哲学。11 月初，陪森子、老船、龙吟、王洪超、张黑呑、丁一、张宝丽、王颜等一行十一人去石人山游玩，其间，与森子又一次商议《阵地》创办事宜。

1991 年春，参与创办的同人诗刊《阵地》（第一期）在平顶山出刊。7 月，进入阶段性的创作收获期，写出长诗《被禁止的游戏》和一批短诗。10 月，森子、海因来访，交流新作，商议第二期《阵地》。

1992 年 6 月，下岗。8 月，在鲁山县老城大街开办自选书店。9 月，结识杭州诗人阿九。长诗《被禁止的游戏》发表在第二期

《阵地》。将《阵地》以及曼德尔施塔姆、布罗茨基等人的诗歌送给鲁山一高学生张永伟阅读。创作短诗《自选书店》。10月，创作长诗《他，低语》。

1993年，离婚。书店倒闭。开始频繁地借酒麻痹离异的痛苦。9月，应耿占春之邀赴郑州，因未找到合适的工作，二日后回鲁。10月至12月，独自守着寒冷的冬夜，喝酒，创作出大量短诗，并产生"火车站情结"。随后，精神崩溃，出现幻视、幻听。从此，对舒乐安、心得安等药物产生数年的依赖。

1994年3月，病情略有好转，移居平顶山。4月，创作组诗《兰波的雨》。5月，返鲁。6月初，创作组诗《情史续篇》。6月至7月，创作《即兴诗人》《香水》等中短篇小说多篇。9月，组诗《兰波的雨》发表在《阵地》第三期。担任《阵地》编委。

1995年8月，写作《注解，一份文献》（答青年诗人张永伟问）。10月，完成电影剧本《天堂的流言》《迟桂花》（根据郁达夫同名小说改编）。12月，时常独自去北洼、北环路一带的田野散步。

1996年1月，创作《礼拜六的小雪》《混凝土或雪》《送儿子上学的路上》。4月，创作《暮春》。5月，创作《北洼》《和平里旁的一只死鸽》。6月，创作《痛苦，致蒙德里安》。8月，与学超合伙开办想想酒吧。10月，因不善经营和健康原因，引身而退。

1997年1月，创作《酒吧絮语》《新站》《下雪前两天》《1月23日》《铲雪》《家族》。4月，创作《纪念》。10月，《雪》《礼拜六的小雪》发表在《上海文学》。

1998年春节过后，去二弟的工厂打工，参与建造挖沙船三艘。夏季，萌生创作《沙河之夜》之念。

1999年1月至4月，在沙河，与挖沙船和船工日夜为伴，协助管理二弟的沙场。4月中旬，返城。秋，作诗《望鸟》。

2000年2月、5月、7月，诗人简单为创办《外省》，三度来访，打破了连续三年的自闭。8月，诗作《北洼》《礼拜六的小雪》《痛苦，至蒙德里安》发表在《外省》创刊号。11月，到平顶山，会见张永伟、简单、森子。在简单引导下，开始接触互联网。和海因、非亚一同担任外省论坛的客座诗人。同月，结识高春林、张杰，并会见多年未见的老友海因、罗羽、龙吟等人。

2001年2月，恢复写作。春节期间，创作《除夕夜》（原稿遗失）、《雪》（读契诃夫《第六病室》）、《白色的天使之歌》。7月，回鲁。诗作《雪》（读契诃夫《第六病室》）、《白色的天使之歌》《下雪前两天》《1月23日》《混凝土或雪》《铲雪》《家族》《纪念》发表在《外省》第二期。

2002年3月，重返平顶山。结识郑海军、侨光伟、冷眼。4月，经张杰介绍，到一家餐厅打工。6月，作诗《无题或歌》《湛河》。8月，组诗《音乐课》《注解，一份文献》（答青年诗人张永伟问）发表在《爆炸》第二期。9月，到郑州，结识人与、郎启波（野愁）、杜涯。11月，作诗《1969年的母亲》。12月，作《自画像》《冬夜》。

2003年2月，作《西亚斯》《元宵节》。3月，与张杰赴开封，访耿占春不遇，受到李少咏盛情款待。回程，在郑州逗留，结识田桑、左后卫。访蓝蓝。作诗《诗学研究》《早读》《梦见槐林》。5月，在诗生活网开个人专栏，诗作由张杰代为上传。5月至6月初，写《杜涯印象》《与时间同在》《我的北岛情结》等文。11月中旬，写《河南先锋诗歌概观》一文。11月下旬，应田桑、张永伟之约赴郑州，为《名人传记》写稿。栖身罗羽寓所。

同月，和罗羽一起看望刚从巴黎参加国际诗歌节归来的蓝蓝，为其接风洗尘。12月，作《序曲》《市政府的鸽子》。其间，偶尔陪同罗羽、邓万鹏在夜幕笼罩的大街上散步。圣诞夜，回鲁。翌日，前往洛阳。

2004年1月至10月，客居洛阳。除完成田桑约稿（未刊用），诗歌创作颇丰。1月，作《洛浦公园》《祝福》《瀍河区》《暖冬》《塔西》《看雪花》《除夕》《回故都》《画片》《菜农新村》《重现》《为冯蝶的生日而作》《薄雾》。2月，作《小巷望月》《立春的默片》。3月，作《挖掘机》《周末的傍晚》《情人节》。同时，结识朱怀金。4月，作《老酒鬼》《月伴街车》《浪子》《零度狂想》《窥视者》。5月，作《洛水边》《白蛾》。6月，作《故都》。同月下旬，因酒醉，下车踩空，跌断四根肋骨。数日后，回鲁养伤。8月，在鲁山家中作《梦幻之家》《秋》《蟋蟀之歌》。9月初，骨伤痊愈，再往洛阳。作《秋之祭》。10月初，回鲁。11月，作《少年时代的父亲》《日记》《修辞练习》。12月，作《咏紫菊》《晒太阳》《夜色如土》《局限》《雪》。

2005年1月，作《不存在的骑士》《冷》。同月下旬，去洛阳，与张永伟经汝州、郏县，和高春林同赴平顶山，与白地、赵立功、吕征、简单、森子等人聚会。翌日，回鲁。改《歌》为《流连阁》，草就《我的写作生涯》一文。2月至5月，写作颇勤奋，但大部分属败笔、废品，只有《冬眠时期的爱情》《注解，或酒精中毒症》《苦闷的手艺》《为自我修正》《笨拙先生和我》《飞过屋顶的鹰》可存。6月初，赴郑州。在郑州期间，与罗羽、简单、白地、田桑等朋友聚会，与身在北京的蓝蓝通电话，陪罗羽到郑州美术馆看女艺术家雷双画展。端午节，抵烟台。二日后，因连日饮酒，睡眠不足，引发旧病，复出现幻听。即匆匆回豫。7月，作《去烟台》《半岛》《露水闪》。8月，作《八月》《皮影》。9月，患疱疹，面目全非，在父母关怀与治疗下，恢复原貌。病中，作《迟到》。10月，作《孤独的孩子》《重阳节》《隐身术》。11月，作《梦森子》《梦艾曲》《亮窗》等。

2006年1月，作《麻雀》。3月，作《遗忘之诗》《开发商》。4月，作《三只黑鸟》。5月，作《夜合》《一个信徒的札记》。6月，作《赋闲的日子》《带烫伤疤痕的女招待》《宿鸟》。7月，作《花椒》《夏日之书》《萤火虫》。8月，在"平顶山诗会"上宣读《河南先锋诗歌概观》一文。会后，写《为隐居在平沟的蜗牛而作》一诗。

2007年1月，作《冬眠》《腊月》。4月，作《四月》。6月，去白龟山水库湿地保护区水牛屯沙场。7月，返鲁，完成《沙河之夜》，受到老友森子激赏，称为佳作。

2008年1月，诗作《洛浦公园》在复刊的《诗生活月刊》总第58期发表。2月，《沙河之夜》《去烟台》发表在《诗生活月刊》总第59期。谢绝《诗生活月刊》总第62期的诗人专题作《暴风雪》。3月，作《后半生》。5月，写《哀歌》（为四川汶川大地震遇难者而作），发表在诗生活网、今天诗歌论坛，并入选多种悼念选集。6月，作《看久了枣红色封面》。7至8月，整理诗作，二编诗集《混凝土或雪》，为出版阵地丛书做准备。9月，《去烟台》《半岛》《露水闪》《麻雀》《萤火虫》发表在《外省》总第四期。9月初至10月初，频繁往返于南阳、鲁山、洛阳之间，多次与张永伟、高春林、柳亚刀、朱怀金、一地雪、马蕾、王韵华、耿占春、夏汉、王东东、杨柳等人聚会。在鲁山家中过中秋节，并完成《我与〈阵地〉》一文。国庆节，在南阳油田度过，结识魔头贝贝、雨人。11月16日，完成长篇评论《事物与时间的驻颜术》(读朱怀金诗集《风兮风兮》一文)。12月,上文发表在洛阳《牡丹》文学月刊。

2009年3月,儿子结婚。5月,筹出书款,得森子、张永伟、高春林、海因、罗羽、田桑、蓝蓝、朱怀金、邓万鹏、简单诸诗友大力资助。6月,应邀去平顶山,与回平顶山办签证的张杰聚会。7月,母亲自感不适,遂入县医院治疗,同月底,转送平顶山市第一人民医院。8月初,诊断为白血病。8月中旬,迫于家庭压力,自谋出路,将归宿暂定为洛阳。从此,以打工、卖文为生。其间,8月底、9月初,回鲁探望母亲。10月下旬复回鲁,陪护母亲。10月底,返洛。11月6日,获悉作品入选《六十年代出生的中国诗人——诗歌选集》一书。11月13日,因酒醉,大雪后路滑,右膀肩胛骨摔断。同月15日,接到母亲病危消息,由房东资助,16日乘早间火车于中午赶回鲁山,与弥留之际的母亲相见。23日零时零6分,母亲病故。作悼诗《拒绝为母亲写的挽歌》(五首)。守孝间整理旧作,并自撰创作年表。

2010年1月初,赴平顶山访友,与森子、郑海军、乔光伟聚会。新编诗集《混凝土或雪》。增补《黎明时刻》《美好下午》《拒绝为母亲写的挽歌》(五首),以及《家族创作谈》《朗诵的魅力》《我与〈阵地〉》《创作年表》四篇文章。

编后记

2019 年 12 月初，由史大观、张杰倡议，河南鲁山第一高中举办了"'徐玉诺诗歌奖'驻山诗人第一期——文殊书院驻山诗人冯新伟诗歌的先锋性、文本意义与当代诗歌写作困境——冯新伟诗歌研读会"。

此间，我刚入职郑州一家私人公司，从事家政服务业工作。2019 年 11 月底，我接到史大观老师的电话，诗人张杰与他本人倡议，为家父冯新伟举办一期诗歌研讨会，同时也邀请到了诗人南桥琴、欧阳关雪、海因、北渡、龙吟，平顶山文学院赵焕亭教授，少年朗诵者史若鉴同学，鲁山一高牛山坡校长，文化局景春迎局长，书法协会王峰涛会长，文联郭伟宁主席，主持人马远瞩、李恒涛，媒体人宋新杰老师，企业家王振一先生，以及远在美国的翻译家、诗人杨·劳伦斯·西思翎、田海燕夫妇。

我和妻子薛丹也一同参加了父亲的诗歌研讨会，我认识到，诗歌所表达的是一种生活态度或者是另一种活法。人生不是单一的存在，不能满足于物质享受这些随波逐流、人云亦云的追求。活着简单，为梦想活却很难。我们大部分人都涌进了现实，结果只留下一粒尘埃。

在我孩童时代的记忆中，父亲的形象是我不喜欢的。他留披肩的长发，有段时间还扎起了马尾。1996 年父母离异，我被判由父亲抚养，实际情况却是由我奶奶高淑静、爷爷冯全两位老人抚养照顾，接送上学。在整理父亲日记和碎碎念时，我翻看到了 1996 年至 2000 年左右发生的事情。父亲的生活遭遇到许多变故，离婚、下岗、生意失败，有段时间还吃一些神经性的药物。这些事情，我只是在脑海里模糊有些印象，可当整理时，看到父亲的文字记录，心里有一种伤感与心酸。

孩童时代的小学，到少年时代的初中，后去到洛阳上专科学校，我对父亲一直都是不讨论，不理解，甚至是极度的反感。我上小学五年级那年，中午放学后，他突然到学校门口等我放学。我在熙攘的人群中一眼就看到了他，头发很长。他叫我的名字，我装作没听到，并快速地走到远处，停下等他，害怕被同学看到。有些眼明的同学早已看到，并用手指在远处指点。下午到校后，果真被一群同学围上来询问。当时的尴尬，现在回想起，既无奈又想笑。

随着年龄的增长，我们从一个屋一张床两头睡，到分屋分床居住，我睡到了西屋，父亲在东屋睡。家里房屋是1986年爷爷奶奶盖的平房，父亲名下没有任何房产。我们一直生活在这个院子里，没有室内卫生间，半夜去院子里上厕所，我经常看到他屋门紧闭或半掩。我当时好奇，就放慢呼吸，踮脚走到窗台，瞥见他坐在床头边，低头看书。因为屋内空间不大，也从来没有过书桌，只有一张直径50厘米左右的圆形折叠餐桌。这张桌子接待过父亲的诗友和我的同学，父亲用来写诗，我用它写作业。他有时低头侧趴在床头柜上，拿我用旧的圆珠笔，在我不用的作业本上书写记录。有时坐在床头边，两眼朝向前方，一只手握香烟，一只手抄在胸前。床头柜上放着一瓶劣质白酒，大部分时间是没有任何下酒菜的。在他的次元里，此时此刻的世界只属于他一个人。他是孤独的，也许是幸福的。

夏季天气炎热时，平房像一个超大的蒸笼，室内屋顶的吊扇只是摆设。父亲赤裸上身，拿上塑料脸盆到院子里，推开墙上的水泵电源闸刀，抽井水，再把毛巾浸在冰凉的井水中，捞出，顺时针拧成半干，双手摊开毛巾，贴在脸上顺着下巴往上推到前额，抹过头顶的长发直擦到后脑处，通过这一连串的动作给身体降温。夜晚，父亲拿上一把带靠背的橙黄色小凳子，和一把蒲扇，顺着楼梯来到平房房顶，找一个固定的位置坐下，看着满天群星。他会在房顶打转，环顾村子的四周及不远处北边的焦枝铁路线，就这样度过每年的夏天。

他平时很少出门，特别是在白天，也没有朋友过来找他聊天。如果有人拍打我家的大铁门，叫父亲的名字，不用猜肯定是诗友。父亲学会上网应该在 2000 年左右，那段时间他经常在晚上十点左右步行出门，穿过村子周围的麦田，独自走夜路，没有任何照明的工具，来到县城。在白天较繁华的顺城路，找一间低价的网吧，上网包夜。当时一晚的价格应该在三到五块钱。有几次，我特别要好的中学同学，都说遇到过父亲。他们感觉他头发很长很酷，就主动上去搭话，还让父亲抽烟，有时也帮忙打字。事后同学对我说时，我哭笑不得。

现在回想起脑海中残留的父亲生活的片段，忽然感觉时间过得好快，现在的我也已为人父。

2019 年 12 月 11 日由诗人海因、阿九、张杰、高岭、史大观、徐帅领作为发起人，为家父在诗友圈发起"爱心援助——拯救脑梗病人、诗人冯新伟"的倡议。父亲得到了许多诗歌界的老师和朋友，还有许多从未见面或交流过的，相隔千山万水的匿名爱心人士的关心与救助。

在爱心人士资助下，我带着父亲先后到平顶山 989 医院、平顶山第一人民医院、郑州大学第一附属医院对病情进行进一步诊断。

病情诊断如下：

1. 多发脑血管病变、脑梗塞、脑萎缩。

2. 多发微出血灶。

这期间，《诗生活》网站站长雷素、《江南诗》编委江离、《长江丛刊》编辑夜鱼、诗人朱周斌、诗人梅朵、诗人阿依古丽等将父亲的作品在各诗歌平台上积极推荐，呼吁大家关注父亲冯新伟的诗歌并援助他。

2020 年 1 月中旬，我辞掉了郑州的工作，开始后续手稿整理工作。这件事情对于我来说，是从来没有预想过的。梳理时，从一些碎片的记录中得知，父亲与母亲谢新峰的相识也是因为诗歌。那时，应该是父亲需要把自己的作品整理打印出来，与当时是打字员的母亲相恋。在当时，恋人选择应该是先注重才华的，要不然母亲不会选择一个从事文学创作的穷诗人。母亲家庭条件相对要好一些，她有三个哥哥，是谢家唯一的女儿。我的外公谢克旺在县政府工作过，曾参与《鲁山县地名志》的编选。父亲与母亲结婚时，估计也不会料想到他们的婚姻会走向破裂，更没想到 30 多年后，她未完成的事，交到了我这儿，这也许就是我的宿命。

整理父亲的手稿是一项浩大的工程。这些文稿时间从 1983 年开始，到 2015 年结束，父亲的文字大多写在简陋的纸上，有些在抽完的香烟外皮盒子反面、锡纸内胆盒、废旧的作业本、药品包装盒、酒瓶的包装盒、明信片上，还有的在家里的墙上。因为原始手稿文字体量颇大，取舍不易定夺，诗歌、随笔及残篇的分辨就是一件繁琐的事情。其间遇到的难题不仅仅是分类的问题，还有在这些浩瀚的文字中筛选出优质作品。减少出错，只有全部收录，再看是否有遗漏或重复，然后再比对修正。这项工作陆陆续续，耗时近一年。我先把记有文字的大小纸质稿件全部一张张排列平铺到地板上,因父亲随手记太多,有些字迹潦草,记在两种不同的纸片上,只能靠字体书写时的颜色辨识,更需要多次阅读,找到文字中的逻辑。有些找不到题目的只能把篇目标示为《无题》,诗行多一点的就听取诗人阿九、张杰的建议,以诗歌作品的第一行为篇名。

真要全部以相同纸品分类还好,可他的书写是跳跃且随性的、碎片化的,哪怕是在笔记本上书写整齐的,也有多个版本,比如《旧货市场之歌》就有三个版本之多。最终在定稿时,经过与张杰、阿九的商榷,确定以其中一个手稿为底本。有些作品诗歌一致,但断行、标点、措辞和诗题却不一致,这些无疑增加了整理的难度和手稿转电子稿的工作量。为了避免出现惯性审稿疲劳,我和妻子分年份整理,年份有遗漏的,就以纸品的类别或纸张的印刷年代进行文本比对,或以所用笔迹年代、笔迹墨色进行针对性、有依据的细化比对。家父创作的舞台剧《牧羊记》、电影剧本《天堂的留言》,以及他十分钟爱的郁达夫先生小说《迟桂花》所改编的电影剧本,是由我的妻子薛丹整理完成的。

2020 年 5 月,我陪同父亲再次到郑州大学第一附属医院东院区神内一门诊科,请卢宏教授复诊并做西药变更。

2021 年 4 月初,陪同父亲参加"罗曼司重演诗社"首届当代诗研讨会。缘遇河南汝州风穴寺李志军博士,所著《洗心》令我受益颇多。同年 4 月底,在河南洛阳白马寺诗人杨键画展上,诗人田桑建议以中药替代西药,可减少肾的负荷。后续除降压药外,皆以中药为主。父亲脸色渐转,一直服用至今。

2021 年 11 月,父亲同爷爷冯全居住在河南鲁山老家下洼村,由姑妈冯新梅、二叔冯新正、三叔冯新永轮流照顾至今。

目前父亲所有原始手稿,包括诗歌、随笔、散文、舞台剧、电影剧本都已全部转换为电子稿件。整理中遇到很多复杂问题，也有太多费解，这点很是惭愧，我虽有诗人血脉，却诗性愚钝，偶坐"前堂"进行手稿整理，也只是力所能及，心到手不到。

这本诗选从初稿到定稿的整理工作，离不开诗人张杰、阿九两位叔父不辞辛苦近半年的筛选。为更加客观地挑选优秀作品，大家分开自行校对直至统一篇目，到最后逐字逐行审核，他们放弃了许多个人休息时间，经常熬夜审稿到凌晨两三点，有问题都是在第一时间给出合适的解决方案。这些无疑为后续的出版校对工作节约了大量宝贵时间。这是实实在在、真真切切的事情，我和我的家人深表感谢。

父亲自 1983 年从事文学诗歌创作至 2015 年停笔，经历过的挫折与坎坷，在他的作品中或多或少都有描述。我所知道的他的一生，与其说是生不逢时的无奈，不如说是一个人以自己的方式对于生命的追问。这些是我整理时深入诗歌的感受。我整理了诗歌，诗歌同样也整理了我，这或许是我对"庄周梦蝶"的另一种注解。对照人性，诗歌中渗透的有刻骨铭心的爱与痛和至死不渝的渴求与执着。它慢慢地，一点一滴地渗透到你的内心深处。也许这就是诗歌精神或灵魂。

读懂一首诗时，同样会有多巴胺的产生，会带来剂量因人而异的幸福感。

父亲在《我的诗歌写作》中有这样一句话："而把诗写好就是这辈子，我在这个世界上所能做的唯一的一件事。"

冯蝶，2022 年 3 月 13 日

图书在版编目（CIP）数据

宿鸟 / 冯新伟著；阿九，张杰，冯蝶编选 -- 武汉：长江文艺出版社，2023.8
ISBN 978-7-5702-3040-2

Ⅰ.①宿… Ⅱ.①冯…②阿…③张…④冯… Ⅲ.①诗集－中国－当代Ⅳ.①I227

中国国家版本馆 CIP 数据核字（2023）第 088126 号

宿鸟
SU NIAO

责任编辑：谈 骁	责任校对：毛季慧
封面设计：祁泽娟	责任印制：邱 莉　王光兴

出版： 长江出版传媒　长江文艺出版社

地址：武汉市雄楚大街 268 号　　邮编：430070
发行：长江文艺出版社
http://www.cjlap.com
印刷：湖北新华印务有限公司

开本：880 毫米×1230 毫米　　1/32　　印张：20.625
版次：2023 年 8 月第 1 版　　2023 年 8 月第 1 次印刷
行数：11178 行

定价：118.00 元

版权所有，盗版必究（举报电话：027—87679308　87679310）
（图书出现印装问题，本社负责调换）